读书就是回家

信念篇

麦家陪你读书 著

U1014279

江苏凤凰文艺出版社
JIANGSU PHOENIX LITERATURE AND ART PUBLISHING

图书在版编目（CIP）数据

读书就是回家. 信念篇 / 麦家陪你读书著. -- 南京:
江苏凤凰文艺出版社, 2020.10
ISBN 978-7-5594-5073-9

Ⅰ. ①读… Ⅱ. ①麦… Ⅲ. ①文学评论 - 文集 Ⅳ.
①I06-53

中国版本图书馆CIP数据核字(2020)第153714号

读书就是回家 信念篇

麦家陪你读书 著

责任编辑 李龙姣
策划编辑 胡 杨
装帧设计 仙 境
出版发行 江苏凤凰文艺出版社
南京市中央路 165 号，邮编：210009
网 址 http://www.jswenyi.com
印 刷 唐山富达印务有限公司
开 本 880 毫米 ×1230 毫米 1/32
印 张 8
字 数 180 千字
版 次 2020 年 10 月第 1 版
印 次 2020 年 10 月第 1 次印刷
书 号 ISBN 978-7-5594-5073-9
定 价 39.80 元

编委会

序言

这几年，作为作家的我很惭愧，没有出一本书，小文章也发表得少，用“颗粒无收”来形容也不为过。当然，没收成并不说明我不在播种，我肯定在写的，只是写得慢，东西又偏大，一时收成不了。

我期待今年有好的收成。

我知道，作为作家，终归是要用作品说话，而不是这样——用话筒说。但这几年我好像也经常在用话筒说，学校、电视台、各种会议，太多了。我告诫自己：这不是你的田地，也不是你的擅长，应该引起警惕。是的，虽然“述而不作”也是一种选择，但不是我的，我希望“佳作迭出”。所以，面对“颗粒无收”，心底是内疚的，惭愧的。

我要安慰一下自己，作为作家，我首先是个读者，阅读是写作最好的准备，写作也是为了让更多人去阅读。从这个角度讲，我这些年其实是做了一件“大事”的。这件事是从过去的一些事中延伸、生长出来的，所以我得回到过去。

十五年前，在长达十几年的一个时间段里，我写的作品大部分在邮路上，写稿、投稿、退稿构成了我一个倒霉蛋命运的复杂的几何图案。我的第一部长篇《解密》曾被十七次退稿，前后折磨了我十一个年头。折磨是考验，也是锤炼，把我和我的作品磨得更加结实、锋利，有光芒。有一天当它问世后，过去缠绕我的种种晦气被它一扫而空。后来由于《暗算》电视剧和电影《风声》的爆红，更是让我锦上添花，时来运转的背后是实实在在的名和利，坦率说多得我盛不下。

也许是我心理素质差吧，也许是我心里本来有颗公德心，我总觉得文学让我得到的太多，我应该拿出一些还给文学，还给读者。于是，2013年我在杭州西溪湿地，创办了一个“麦家理想谷”的公共阅读空间，两百来平米，上万册书，沙发是软的，灯光是暖的，茶水、咖啡是免费的；还有个小房间，你需要也可以免费住——当然是爱文学的暂时落魄的年轻人，像写《解密》时的我。

总之，这儿——我的理想谷——没有消费，只要你爱书，爱文学，一切都是免费的。但同时我也是吝啬的，我不提供WiFi、电话，甚至我希望你进门关掉手机，至少是静音吧，免得打扰人读书。“读书就是回家”，这是我理想谷的口号，让你遇见更好的自己。我希望每一个来这里的人，都是为了读书，为了静心、安心、贴心，像回家一样。

开办四年来，因为有“免费”的特点，受到广大媒体人的关注、推广，影响越来越大，读者也越来越多，节假日有时一天多达近千人，来自祖国各地。我看到了它的价值，也发现了它的局限，就是：空间有限，距离受限。尤其是外地人，只能把它当作一个景点来看，其实是读不来书的。

去年3月，受一位吉林读者的建议，我决定把“理想谷”搬到网上。去年我就一直在做这件事，挑选、确定书目，找人解读、领读、配乐，然后挂到我的微信公号上，公号的名称就叫“麦家陪你读书”。

我有个宏大的计划，就是“100+1000+7+20”的计划。100是指100位专业读书人，他们负责拆书、解书，化繁为简，提纲挈领，把一本书拆成7部分；1000是指从理想谷现有上万册藏书中选出1000本古今中外的文学佳作，这工作主要由我负责；7指的是7天，即一周读完一本书；20是指20年，用20年时间，以“文字＋图像＋音频”的方式陪你读（听）完1000本书。我不知道最后能不能完全实现，但我在努力做，坚持做，希望能做完做好，也希望有更多人来分享。

我们现在经常讲中国经济要转型，其实我们的生活也要转型，要从物质层面转到精神层面上来。我们讲文化自信，弘扬民族精神，首先要从阅读开始，从书中去读懂我们民族的美，我们历史文化的博大精深；也读懂自己，什么样的生活才是美的，幸福的。毋庸置疑，今天我们并不是缺少可读的书，而是缺少读书的人；不是没时间读书，而是没习惯读书。我现在做的事情就是这样，陪人读书，希望有人在我陪伴下，养成读书的习惯。

说句心里话，我觉得陪人读书就是陪人成长，是一件积功德的事，所以虽然很烦琐，但还是乐在其中。其实我陪你成长，也是你陪我成长，成长是互相的，温暖也是互相的。虽然我的计划才开始实施，但我已收获满满的幸福，我的公号在短短半年多时间已经成了有六十多万爱书人的大家庭。多一个人因我的陪伴而多读了一本书，对我就是一份收获。从这方面讲，这些年我的收获真的不小！

我要再安慰一下自己，我可以少写一本书，世界不会因为我少写一本书而少一本书。但你不能少读一本书，你少读一本书，也许就少掉了一个与世界沟通、与自己沟通的渠道。世界很大，但书最大，因为书能让世界变小，让我们长大。我就是这么长大的，因为书，读书，走出了乡村，领略了世界的美，内心的深。走进书里，走进内心深处，我们终归会发现世界是美的，人是善的，全世界的黑暗也灭不掉一支烛光。

我现在每一天都过得比以前从未有的充实、曼妙，早上起来第一件事就是打开公号，在音乐和读书声中洗漱、吃早餐，晚上在分享读者的留言中安然入睡。那些留言像家人的叮咛、絮语一样温暖我，成了我最有效的安眠药——我一度天天要吃安眠药才能入睡，现在好了，是搂草打到兔子的喜悦。

这里我要特别感谢花梨女士，我公号的日常运行都由她牵头落实。在她日复一日、夜以继日的辛勤下，我像变成了孙悟空，分身有术，无所不能。据不完全统计，我的“分身”至少有八十九位，他们有个诗意浪漫的名字：荐书人。他们身处四面八方，又在同一个地方：书房。他们既有金的炽热，又有银的柔软；他们读书不倦，又善于读书；他们能把书读厚，也能读薄；他们在书中遇见了美好的自己，又把自己的美好奉献给他人。在此，我代表读者谢谢你们！正因你们的才华，你们的热情，你们的付出，才让我们的大家庭变得更大，更温柔敦厚，更朝气蓬勃。

最后，必须的，我要说：谢谢你们来陪我读书，读书的好处，不读书的人是不知道的，正如心怀理想的欢喜，没理想的人是不知道的。这世界，人是最有情有力有智有趣的，其次是一本书。此时此刻，我又听到诗人博尔赫斯在天上说：天堂的模样，就是图书室的模样，世上最迷人的香气，就是书香。

麦家
2018.2.17
据录音整理

目录

Chapter 1

阿甘正传 · 生命是场永不放弃的奔跑

『透过阿甘的眼睛，我们看到了世态的复杂和庸俗，更觉人性真诚的可贵。』

一百五十万豆瓣电影粉丝钟爱的《阿甘正传》小说原著，十八个省市自治区推荐的学生必读书目。阿甘，是常人眼中的白痴，也是马云、任正非、王石、俞敏洪等企业家最钟爱的人物。

Step 1

阿甘的爸爸在码头当装卸工时，被一大网香蕉砸死了，妈妈单身带着他靠抚恤金和房租生活。阿甘记得小时候的夏天，妈妈把客厅的窗帘拉上，给他倒一杯柠檬汁，然后坐下来和他聊天，这让阿甘觉得安全又舒服。

阿甘在公立学校读完了一年级，在这里他认识了珍妮·可兰，只有她不会嘲笑他。接着他去了一所特殊学校，在他眼里，这所学校里关着的才是一群真正的傻瓜，他是里面最正常的一个。

十六岁的时候，阿甘长到了两米二，将近一百一十公斤。他走在街上的时候被美式足球教练看中，于是阿甘进了一所高中的美式足球队。在这里阿甘跑步的特长被发掘出来，并且很快适应了这项运动，甚至入选了“全州美式足球明星队”。

高中毕业后，阿甘由于在球队出色的表现，被一所大学录取到体育系。刚开始他的室友会开车顺路带他去练球，直到有一天，室友换轮胎的时候把螺钉帽掉进了下水道。阿甘说：“你何不把另外三个轮胎各取下一个螺钉帽，这样每个轮胎都有三个螺钉帽，应该撑得到练习场啦。”室友问：“你应该是个白痴啊，你怎么想出来的？”阿甘说：“我也许是个白痴，但起码我不笨。”阿甘觉得他和室友的交情大概到此为止了，于是他搬到了地下室。

在大学里阿甘见到了更多的人，他认识了巴布，并且向他学会了吹口琴。让阿甘最开心的还是在大学里再次遇见了珍妮。珍妮邀请他去看他们的演出，在演出中，阿甘掏出口琴和乐团合奏。这之后，珍妮促成了阿甘加入他们的乐团。但没过多久，在一次演出开始之前，阿甘撞见了珍妮和五弦琴手在车上约会，并且将五弦琴手从车里拽了出来。

这是阿甘第二次让珍妮难堪——第一次是阿甘的母亲邀请珍妮和阿甘一起去看电影，阿甘的笑声很明显吓到了珍妮，而阿甘还以为她是不小心从座位上摔下去的，于是想拉她起来，却撕破了她的衣服。

就这样，阿甘在乐队待不下去了。从此后，阿甘把全部精力都放在了打球上。很快他们的球队将要去迈阿密参加“橘子杯”的决赛，但是阿甘与这次冠军失之交臂了。由于英语和体育两门课不及格，他被学校开除了。

电影《阿甘正传》一开头，阿甘就坦白地说：“我生下来就是个白痴。”但其实，阿甘一点也不笨。他在音乐上的才能让别人对他刮目相看，从口琴发展起来的友谊是此后成为生死之交的基础；他在物理上的天赋让教他光学的教授大吃一惊，并让他修完这门课；他格外擅长跑步，这不仅使得他在美式足球队中脱颖而出，也让他在日后的战争岁月中能够死里逃生。

在阿甘后来的人生中，他还学会了打乒乓球、下西洋棋、拳击，每一项他都能干得有声有色。他甚至被请进过医学院的课堂，被大夫宣布为“天才白痴”。“天才”是阿甘本身就具有的才能，而“白痴”却是人们以自己的见解给他贴上的标签。

后来阿甘在离开越南战场时，他在医院认识的病友丹恩说：“你的眼睛里不时会出现一种东西，一种小小的火花，多半是在你微笑的时候出现，我相信我所看见的东西几乎就是人类思考、创造、存在的能力之源头。”

这是阿甘所独具的能力，或许越接近孩童心智的人，也就越接近生命的本质。阿甘完全地投入到生命的体验中，并在这种体验中迸发出生机和活力。

很多时候，我们对于和自己不同的人都抱有一种偏见或者敌意，但事实上人与人之间的差距并没有我们想象得那么大。上帝在给阿甘关上了一扇门的同时，也为他打开了许多扇窗，使他能看到一些平常人看不到的风景。

Step 2

被学校开除后的阿甘收到了美国陆军征兵处的通知，被要求到军队报到。阿甘的妈妈带着他到了征兵处，对负责的老兵说："我真不明白你们怎么能征召他——他是个白痴。"老兵看着她说："呃！女士，你以为其他这些人是什么？爱因斯坦？"就这样，阿甘进入了美国陆军。

阿甘到兵营后不久就被派去当炊事兵。第一次煮饭，厨房的人告诉阿甘，看见什么都把它扔进锅里煮熟就行了。可是阿甘并没有足大的锅，这时候他看见了墙角的锅炉。

于是他打开所有罐头，把所有找得到的食材统统扔了进去，又倒了十几二十瓶番茄酱和芥末等等。当士兵们从训练场回来的时候，士官长弄清楚阿甘在用锅炉炖菜的时候，脸上出现一种十分惊异的表情。

接着，锅炉爆炸了，它炸掀了餐厅屋顶，炸开了所有门窗。接着，阿甘就被士官长拿刀追杀了半个营区——当然没人跑得过阿甘。此后将近一年，每个周六阿甘都会被关禁闭，直到他们被送往越南。

在阿甘眼里，美军在越南的军营十分干净整齐，只是当地人贫困程度可比乞丐。他们到达的时候正是越南的新年，所有人都以为不会有什么激烈的战争。但在大家准备洗澡的时候，远处传来了巨大的爆炸声。

一整天激战后，排长带领他们北上支援另一支被困住的部队。阿甘扛着炸药、水桶、机关枪三脚架和干粮登上山脊，却意外地遇见了巴布。巴布因为伤到了脚不能比赛，不得不离开了学校。

在战争的间隙，巴布和阿甘为他们离开军队后的生活做了谋划。

“我们要返回老家，给自己弄艘捕虾船，从事捕虾业……”——巴布从小在捕虾船上打工，他把一切都设想好了，弄一笔贷款，两人轮流当船长，就住在船上，卖多少磅鱼就可以还买船的贷款，油钱要多少，吃东西要多少花费，等等。

阿甘在越南遇到的最后一次攻击来得猝不及防。阿甘的军队经过一片稻田时，枪声从四面八方响起。一阵混乱后，美军在旁边棕榈丛里驻扎下来，阿甘开始到处找巴布。终于，他从田野里把受伤的巴布抱回了营地，巴布说：“阿甘，拿口琴吹首歌给我听吧？”就这样，巴布在阿甘的口琴声中闭上了眼睛，死前他说：“回家。”

在后来的一场战斗中，阿甘的屁股中弹了，他被送到一间医院，在那里遇到了丹恩少尉。阿甘从丹恩那里知道，世上发生的任何事，都有它自己的理由和规律，不管是他们被送来打这场错误的战争，还是巴布在田野上被炮弹打死，都是如此。

丹恩所认为的这种“自然法则”，或许可以称之为命运，但它又比命运具有更广泛的含义。阿甘开始慢慢接受丹恩的哲学，他觉得知道这些之后，看事情变得比原来清楚了。

对阿甘而言，似乎他并没有什么机会可以反抗命运，又或者他根本不想反抗。阿甘遇到的所有事情，都是别人要他怎么做他就怎么做。他似乎对所有事情都不会表现出强烈的好恶，因而能够认真地去做每一件事，而不管条件有多恶劣。

阿甘也尤其认真地对待自己身边的人。在他成长的环境中，向他表示善意、真正关心他的朋友不多，阿甘觉得巴布是到那时为止对他最好的人。因此阿甘不顾自己的安危也要将巴布救回到营地。

但一路上面对着重伤的战友，阿甘也做不到坐视不管，他把沿途看到的战友也一一救回营地。阿甘的善良与单纯，让他有很强的同情心，即使是在危险之中，他也将朋友放在第一位，努力做到将每一个人都照顾好。

丹恩在转院之前给阿甘留下了一张纸条，上面写着："顺流而行，我的朋友，让它为你所用。遇到逆流浅滩时奋力抗拒，千万别屈服，别放弃。"

在我们的生活中，有许多事情是不能选择的。但面对让人无奈的现实，我们可以用选择积极乐观的态度去面对它，并且努力过好自己的生活。每一个人都应该努力过好当下的生活，哪怕遇到暂时的难关，也要默默积蓄力量，等待每一个充满希望的转折。

Step 3

在医院的康乐室，阿甘学会了打乒乓球。有时他也会搭巴士到城里走走看看，并且向当地人学会了养虾。阿甘想，既然巴布死了，他无法独自弄到一条捕虾船，但退伍后可以去墨西哥湾养虾。

过了几天，阿甘接到通知，他被授予了国会英勇荣誉勋章，马上要搭机回国，接受美国总统亲自授勋。总部派古奇上校替阿甘打点好了到华盛顿一路上的食宿和交通，并教给他必要的礼仪。

到了华盛顿，阿甘被带到白宫，约翰逊总统接见了他。阿甘对这个总统的印象不错，因为在领完勋章后总统问他是不是没吃早饭，然后把他带到办公室给他要了早饭。

陆军要阿甘继续做巡回征兵演说，可阿甘根本背不下来演讲稿，最后他只说了“参军，为自由而战”一句话。人们都以为他会有长篇大论，而阿甘说完这句话就站在台上，与观众大眼瞪小眼。突然前排有人喊：“你对这场战争有什么看法？”阿甘脑子里的第一个念头就是：那是一场狗屎。于是他老实地把这句话说了出来。

观众沸腾了，他被“下放”到蒸汽连烧锅炉了。

一天阿甘看到基地里贴了张布告，说将举行乒乓球赛，获胜者将赴华盛顿参加全国陆军锦标赛。阿甘轻松胜出，在华盛顿也一举获胜。于是一个五角大楼的人找到他，说要派他去中国大陆打乒乓球。

阿甘目瞪口呆地听对方说："这是一项殊荣，因为，近二十五年来这是我国第一次跟中国人打交道，这件事比什么乒乓球赛重要得多。这是外交，人类的未来可能就在此一举。你懂我的意思吗？"阿甘心想："我只是个可怜的白痴，如今我却得照顾全人类。"

于是阿甘又被送到了中国，还受到了毛主席的亲自接见。回到美国后，阿甘提前退伍了。他觉得这时候应该回家看妈妈，然后开始他的养虾生意，闯出点名堂来。但他也不断想到珍妮，想到在医院养伤时曾接到她的一封信，说她在读女子大学。

最终阿甘在一个俱乐部找到了珍妮。阿甘知道珍妮被退学了，因为有一天晚上她违反校规住在一个男生房间里。接着她反战、加入摇滚乐队，而阿甘更在意的是她换过几个男朋友。

于是阿甘再次加入珍妮的乐队，很快他们就在一起了。这段时间阿甘过得宛如在天堂，他们的乐队也炙手可热，四处演出。这时候阿甘在乐队鼓手的怂恿下开始吸大麻，他感受到一种鲜明敏锐的力量，乐感百倍增加。但很快阿甘就发现自己离不开大麻了，那种敏锐的感觉变得迟钝，它使阿甘每天只是躺着，神思恍惚。

直到一天晚上演出时，阿甘在后台出口点了根烟。然后两个女孩认出了他，围着他调笑，而他则昏昏沉沉地没有反对。出来找他的珍妮刚好看到了这一幕，在演出结束后毅然离开了乐队，没人知道她去了哪。

在阿甘小时候的回忆里，珍妮并没有对他格外亲热。只是在他身边所有的孩子都欺负他的时候，珍妮没有这么做，有的时候放学了还让他和自己一起走。但就是这样一份善意，足以让他铭记一辈子，并在今后的岁月里发芽壮大，直到阿甘退伍后再见到珍妮，被铭记的善意已经是一棵枝繁叶茂的大树，深深扎根在他心底。

阿甘并不傻，他当然知道有些事情是“对的”，比如去看望因为一场火灾而失去了房子无家可归的妈妈，比如去养虾，建立自己的事业。“对的事情”的意思是，这是符合社会期待的事情，或者说从道德上应该这么做。

言下之意就是，去找珍妮是“不对的”，这不应该是一件要紧的事情。但这是阿甘内心真正的渴望，是他最迫不及待想要做的一件事。

当然，对于阿甘来说，并没有那么复杂。他只是在自己可以选择的时候，选择了倾听内心深处的声音，选择了做自己最想做的事情。这也使得这一次，阿甘和珍妮没有再错过彼此。

很多人说阿甘傻，但或许有的时候，我们并不需要那么精明地算计自己的生活，生活本身就会给我们丰厚的回报。

Step 4

阿甘得知珍妮去华盛顿参加反越战游行后，到了华盛顿找到她，向她道歉，珍妮原谅了他，带着他一起游行，并要他把获得的勋章扔到国会门口。结果阿甘扔得太用力，砸中了参议院记录员。阿甘因此被捕入狱，接着被送到了精神病院。

刚进精神病院的时候，阿甘被要求做例行检查。接着他就因为在数学方面的天赋而被送到太空总署，并参加了外太空之旅训练任务。结果太空船故障，他们迫降在了新几内亚的食人族领地上。

食人族的酋长上前敲太空舱的门，他们只好走出太空舱。令阿甘惊讶的是，这个酋长居然会说英语，他说自己叫山姆，在二战期间接受战略作战署的征召去美国学的英语，在耶鲁上学，然后被派回此地，组织族人跟日本人打游击战。

阿甘一行人被带到村落中软禁起来，第二天早上，山姆告诉他们，他打消了族人要把阿甘一行煮来吃的念头，不过他们希望可以吃掉猩猩公苏。弗芮区少校拒绝了，说那是美国的财产。于是山姆提出另一个条件，就是要他们替他种棉花。

在种棉花这段时间里，山姆教阿甘下棋，但很快阿甘就能下赢他。一段时间后，棋局开始越下越久，甚至会持续好几天。直到有一天，山姆说："阿甘，我真高兴你来到此地，我才有下棋的对手，我也高兴救了你，没把你下锅煮了吃。只有一个遗憾，我实在想赢你一盘。”

说着，山姆舔舔舌头。于是阿甘知道，要是真让他赢了一盘，他就会马上把自己煮了当晚饭。

棉花收获之后，山姆说他准备造一条大船，把棉花运到附近的城镇卖掉。大船完工的那天晚上，山姆的族人燃起篝火，举行盛大的庆祝仪式。阿甘也很兴奋，他想只要一到城镇，他们就可以趁机逃之夭夭。

但这时，附近另一群和山姆的部落有世仇的土著——小黑人——攻打了过来，于是，阿甘一行和山姆都成了小黑人的俘虏，最后美国太空总署把他们救了出来。而弗芮区少校最终选择和男友留在丛林里，阿甘不是没有想过要留下来，但他还有别的梦想要去完成。

小说中，阿甘经常说的一句话是，“我只是一个白痴”。“白痴”是《阿甘正传》中很重要的一个视角。对于“正常人”而言，“白痴”的世界是扭曲的，但同样，对于“白痴”而言，“正常人”的世界也是扭曲的。在这样的扭曲和错位中，“白痴”阿甘窥见了这个荒唐而疯狂的世界的某些真相。

“白痴”是阿甘的一种身份认同，因而我们在阅读《阿甘正传》的时候，也正是用这个视角看世界。有时会让我们觉得这个世界新奇而陌生。

自从阿甘作为越战英雄回到美国之后，他就经常看见各种各样的媒体对他的报道，每一次的报道都尖酸刻薄。媒体“错位”的关注点与阴阳怪气的嘲讽、匆忙而混乱的太空旅行与“错位”的旅伴、无能而低效的地面控制中心，以及作为当事人却不能为自己作出任何辩解、只好甘之如饴的阿甘——这一切仿佛构成了一场“错位”的闹剧。

阿甘作为“白痴”处在这场闹剧的中心，反而是显得最正常、最淡定的那个人。在阿甘眼里，事情发生了就由它去发生吧。但是在读者看来，发生的这一切都是不可思议的：太空计划这样投资巨大的项目竟然被草草地执行，太平洋上的土著族群里竟然有一个受过高等教育的酋长，太空船坠毁后的搜救行动竟然在四年后才姗姗来迟……很明显，这是一项极其轻率、极不负责任的漏洞百出的计划，但是没有任何“正常人”提出来。

《阿甘正传》的作者不遗余力地嘲讽了他所能嘲讽的一切。从越战到美国的外交，从美苏的太空争霸到几任美国总统……整个世界处在一种阿甘所不能理解的逻辑中。

阿甘觉得这或许是“正常”的，因为他也认同自己是个“白痴”；但正是这种“白痴”眼中的“正常”，更凸显出了世界的荒谬。

Step 5

阿甘回到美国后，再一次被当作英雄受到总统的接见。这一次接见他的总统是尼克松。从白宫出来后，阿甘被告知他得自谋生路。后来他意外地遇见了丹恩少尉，俩人一起又找到了珍妮。

阿甘和丹恩在酒馆等珍妮下班的时候，看见有人在掰手腕，其他人会下注赌输赢。丹恩就让阿甘去和那个力气最大的人比，并且赌五块钱阿甘会赢。阿甘果真赢了，丹恩说这是一个谋生的法子。

接下来的日子里，珍妮每天去轮胎厂上班，阿甘和丹恩就在酒馆里，靠阿甘掰手腕赢赌注，每个月能有不少的收入，阿甘的名气也越来越大。后来，麦克找到了阿甘，问他愿不愿意成为一名摔跤选手，这样可以挣更多的钱。丹恩觉得这很好，并做了阿甘的经纪人。

几个月的训练之后，阿甘参加了第一场比赛。在赛前麦克告诉阿甘他必须输，还说所有的比赛都是表演。但事实上，阿甘在台上被对手拿着折叠椅揍，还往他脸上吐口水。阿甘在场上难过得哭了起来。

比赛结束后珍妮难过极了，她再也不想让阿甘这样丢人，丹恩也很生气。但麦克说接下来的比赛出场费会增加。于是阿甘继续比赛。出乎意料的是，他也越来越受欢迎。这种受欢迎的感觉让阿甘很陶醉。他觉得自己从来没有什么真正的成就感，而现在有成群的观众为他喝彩，他觉得自己从来没有被人这样认可过。

不比赛的时候，阿甘就和丹恩、珍妮计划着如何开展养虾生意。丹恩估算出养虾大约需要五千块钱的成本，很快珍妮就说他们已经存够了，应该动身去墨西哥湾了。但阿甘不走。

珍妮很生气，她说阿甘的成就感是虚幻的，阿甘却无法理解珍妮的想法，他只是觉得这样会挣到很多外快："我不会干一辈子——时候到了我自然会退出。"

"嗯，我也不会等你一辈子。"珍妮说。

阿甘连赢了几个月后，一天麦克对他说，下一场比赛，他得输。"偶尔输一场，可以刺激你的知名度，这样你才会赢得更加风光，明白吗？"这一场，麦克给的出场费是两千块，阿甘接受了。

丹恩对阿甘说，他会输的风声已经传开了，不如尽力去打，赢了比赛，借机退出摔跤这一行，这样珍妮就不会生气了。而丹恩准备将存下的钱全部拿去赌阿甘会赢，赔率是2∶1，这样赢下来他们的资产就可以翻倍。阿甘觉得可以。

结果阿甘一上场，就被对手暗算，他输掉了比赛，也输掉了他和丹恩的全部资产。回到住处，阿甘和丹恩发现珍妮又一次离开了，只留下一张字条。珍妮最后说，她不喜欢阿甘用欺骗的方式挣钱，而且不再对未来怀有憧憬，只是想能够过上安定的日子。

阿甘觉得自己仿佛被当头打了一棒，平生第一次真正尝到了被当成白痴的滋味。

珍妮有好几次想和阿甘好好谈谈，但阿甘都没有真正在意。他觉得珍妮已经成为自己生活里的一部分，是唯一不会离开自己的人。但他忽视了珍妮向他发送的信号，也忽视了珍妮内心对安定生活的渴望。在这件事情上，阿甘表现出一种罕见的盲目与自大。

在阿甘对时间和年龄还没有明确的概念时，珍妮却发现自己已不再年轻，已经没有了当年那种激情与洒脱。她开始不再有那种即使头破血流也能一意孤行的无所畏惧，不再有时间可以挥霍，她开始想要有个家，不仅身体不再漂泊，心灵也有一处可以寄托的地方，不再颠沛流离。

作为“垮掉的一代”，珍妮有过漂泊无定的生活，也有过疯狂的青春，也经历过太多的失望和分别。当一切尘埃落定后，面对自己的爱人，她已承受不起任何失望的冲击。因此，她选择离开，与其承受爱人带给自己的失望，不如自己先做出选择。

如同故事里想要和阿甘一起回归稳定生活的珍妮一样，每个人都会感到疲惫，每个人对家、对爱总会有所期待。在这里，所有的疲惫都能得到抚慰，一路的风尘仆仆，在这里都能被洗净，重获新生。

Step 6

输掉了所有家当的阿甘，买了独自回家的车票。在换车时他看见一个饭店门口挂着“大师西洋棋邀请赛”，进去后在大厅里看见一个正对着棋局苦思冥想的老头。阿甘和他下了一盘棋，让对方大吃一惊。一起吃晚饭的时候，老头说他叫崔伯，是前任国际大师。

崔伯要阿甘跟他去参加西洋棋比赛。阿甘很犹豫，他想回家养虾。但输光了所有资产的阿甘最后同意了，因为他想要一笔钱来开展养虾生意。

崔伯开始时还做阿甘的教练，但很快他发现阿甘并不需要谁教。于是他带着阿甘四处游玩。在赛场上，阿甘用山姆在丛林里教给他的方法“诱敌深入”，但在对手举棋不定的时候，他突然不受控制地放了个屁，影响了对手的思考，最终阿甘赢了比赛。但棋赛主席以“任何棋手不得有粗鲁或冒犯对手的行为”为由，将阿甘禁赛了。

就这样，阿甘又不得不结束了他的棋手生涯，再次踏上回家的旅途。回到家后，阿甘给妈妈留下足够的钱打点生活，就去了巴布的家乡。巴布的父亲接待了他，并带他到附近适合养虾的沼泽地去勘察。沼泽地旁有一处废弃小屋，两条破旧的小船，阿甘就在破屋里住了下来。

阿甘花了一个月的时间修理小屋和小船，并在池塘周围支起了铁丝网。他从附近的河流里捞起小虾放到自己的池塘，并放进足够的饲料。一年后，阿甘开辟了四个池塘。他终于有了一份正经的工作，有了归属感。

接下来的一年，阿甘找来了他在大学打球的队友一起帮忙，将生意扩大。每个人都过得很充实，但阿甘始终觉得心里有一个地方空空的，他常常想到珍妮。于是在一个周末，阿甘去拜访了珍妮的妈妈。珍妮的妈妈告诉他，珍妮结婚了。阿甘觉得内心有一部分死去了，从此，阿甘一心一意发展他的养虾事业。

几年后，阿甘的名气已经大得有人请他竞选美国议员了。但很快，阿甘袭击参议院记录员入精神病院、滑稽的摔跤等经历都被他的对手挖了出来，在报纸上大肆渲染。阿甘倒是很高兴退出竞选，他一点都不喜欢成为公众人物之后的生活，这已经超出了他和巴布的“养虾”计划太多。

于是阿甘决定出去度个长假，他随便买了两张票，到了一个陌生的地方。接着他遇到了丹恩，然后再次遇到了珍妮。珍妮说她身边的小男孩是阿甘的儿子，她离开的时候已经怀孕，后来遇到了现在的先生，现在她过着平静的、她想要的生活。

临别时，珍妮吻了阿甘的额头。阿甘这时候已经明白，他不可能再将珍妮的离开归结为他是白痴，珍妮想要的那种生活，他可能永远也给不了她。

珍妮说得没错，阿甘是一个与众不同的人，他的生活永远充满了不确定性，永远都有大起大落。但对于大多数人来说，在人到中年的时候仍然过着这样的生活，是一件难以接受的事情。

和电影《阿甘正传》的结局不同，最终珍妮真的离开了阿甘，阿甘知道他们再也没有可能回到过去。他半生经历过的事情，是许多人想都不敢想的，但他和珍妮的结局，却又是最接近每一个人生活的结局。

如果阿甘对珍妮有足够的关心，他应该很容易就能发现珍妮怀孕的事情；如果阿甘早一点知道珍妮怀孕了，或许他就不会再那样随性；如果珍妮的计划是迟一两天离开，他们或许也就不会分开……但是阴差阳错之间，所有的结局似乎都已注定。

在《阿甘正传》原著最后的文字中，阿甘与许多他在大学球队里的队友久别重逢，他们都还是老样子，骂骂咧咧，不拘小节。但是与阿甘认识了将近三十年并且在他此前生命中一直没有缺席过的珍妮，这时候却已经不在他身边。

有时候，我们以为自己还有大把的时间可以挥洒，却猝不及防地迎头撞上生活给出的结局。与其说我们总是在失去后才懂得珍惜，不如说在一次次地失去之后才终于明白，这个世界向我们展示的东西很多，但真正属于我们的是那样少。

很多时候，久别重逢，也意味着擦肩而过。成长就是这样一个不断失去又不断寻找的过程。

Step 7

熟悉电影《阿甘正传》的朋友会发现，小说和电影几乎是两个不同的故事。在电影里，阿甘和丹恩在捕虾船上搏击风雨，奠定了他们事业的基础，最后，阿甘也如愿和珍妮步入婚姻的殿堂，虽然此后珍妮很快因病去世。

而在小说中，阿甘的一生更加波澜起伏。电影和小说中阿甘的不同经历，也揭示出两部作品所要表达的不同主题。

电影《阿甘正传》讨论的，是我们是否能够掌握自己的命运，以及我们应该过一种怎样的生活。而小说更多的是向我们展现一个时代的荒谬。

电影中，阿甘从战场上救下了丹恩中尉，而丹恩中尉坚信自己的宿命就是战死在战场上，在战后残疾地活着让他无法接受。但阿甘也记得他妈妈经常说："人生就像一盒各式各样的巧克力，你永远不会知道下一块将会是什么味道。"

那么命运，究竟是完全偶然的，还是早已注定好所有结局呢？一直到阿甘来到巴布的故乡，买下捕虾船之前，阿甘的命运都是充满偶然的。

阿甘就像在风中飘荡的羽毛，不知道将会被这个时代、被汹涌的人流带往何方。他曾有过无比辉煌的过去，受到总统接见，成为战争和外交的英雄，但这一切都是时代造就的，阿甘自己无法选择。

养虾成功之后，阿甘感到无所事事，尤其在珍妮又一次不辞而别之后，更感到生活失去了意义。这时候他只是想奔跑，像珍妮曾经要他做的那样，跑。

在三年多的时间里，阿甘四次横穿美国全境，漫长的旅途最终在国内引起关注。人们为阿甘的这场长跑赋予了各种各样的意义，人们认为他是个智者，“拥有所有问题的答案”。这是对阿甘的误解，但从另一个角度而言，阿甘那种简单的、跟随自己内心的生活方式，也确实是所有问题答案的来源。

世上没有被浪费的时光，所有的事情，最终都会显出它的意义。也正是因为这次长跑，让珍妮在电视上再次见到了阿甘，于是她写信给阿甘，问他能不能去看她。对阿甘来说，这是命运赐予他的一份最好的礼物。

和阿甘认识将近三十年，珍妮的生活轨迹和阿甘有着很大的差别。当她想要回到阿甘身边时，又对自己曾经的生活无法释怀，因此在阿甘向她求婚时再一次落荒而逃。直到珍妮有了阿甘的孩子，自己也病入膏肓，她才再次回到阿甘身边。

珍妮最后也躺在了阿甘的妈妈曾经躺过的病床上，阿甘在这里送走了两个他生命中最重要的人。阿甘的妈妈在临死前对他说，死亡也是生命的一部分。这是每个人都必须面对的事实，也是命运写定的结局。

在电影的开头，一片羽毛随风飘到了阿甘的脚边。阿甘把它拾起来，夹在书里。到了影片的结尾，阿甘打开儿子的故事书，那片羽毛又从书中飘了出来，飞向无名的远方。

这就像是每个人的命运，既有无数偶然的事件，像在风中四处飘飞；也会有安定的生活和冥冥之中必然的安排，就像安稳地被夹在一本书里。但过一段时间，又会在无意中被风从书页中带走。

生命无常，在这些偶然和必然之中，我们唯一可以把握的，就是听从自己内心的意愿，努力奔跑，向着内心的方向。

每个人的命运只有自己经历过才知道究竟是怎样的。我们所能做到的就是努力做好每一件事。其实这也是小说里阿甘的人生哲学。丹恩在越南战场对阿甘说过的“自然法则”，就是尽力做好自己眼前的每一件事，而不去管它的前因后果。在电影中用“跑步”这个动作将这种努力变得更加形象化了，也为它赋上了一种诗意。

但《阿甘正传》这本小说，则更多地表现了生命中的不确定性。阿甘一直努力把每一件事做好，却是半生坎坷，大起大落。直到小说的最后一章，阿甘才决定真正去寻找他想要的生活。

作者温斯顿独具匠心地通过语言的灵活运用，充分而生动地展示了主人公阿甘的率真个性，他命运起落的巨大落差，成就了作品令人拍案叫绝的喜剧和讽刺效果。

Chapter 2

被嫌弃的松子的一生 · 生而为人，不必讨好他人

『每个用力生活、勇敢去爱的人，都该被世界温柔相待。』

“社会派”大师山田宗树生涯代表作，被奉为当代女性的心灵史诗。松子的一生充满了荒诞和苦难，她却从不放弃希望，在绝望之中开出了美丽的花朵，认真活过。

Step 1

《被嫌弃的松子的一生》以一则凶杀案新闻作为引子：一位独居的中年女子暴毙于出租屋内，全身有遭受暴力攻击的痕迹。

加害者是何人？这个被害的女人又是谁，她有过怎样的人生轨迹，才会这般孤独惨死呢？

当读者的胃口被“吊”起来后，山田宗树采用类似电影叙事的方法推进故事，既有生于20世纪的女人松子的自述，也有处在当下时代大学生笙的所见，作者以这种双重第一人称交叉叙述的写法，力求向我们展示了一个多层次、多角度、饱满的松子形象。

主人公川尻松子穷尽一生渴望、寻求被爱，她不对人设防，对待每个人赋予真心，对待每段感情都全力以赴，然而命运却没有温柔待她，被爱情三番五次抛弃，伤得遍体鳞伤，可她又不懂绝望似的，一次又一次，勇敢再爱。直到她再也没有力气去爱，再也不敢相信能够被爱，才放弃了追寻爱。当松子呼出最后一口气时，没有一个爱她的人陪在身边。她这一生，爱了一辈子也被辜负了一辈子。

她爱过落魄作家、有妇之夫、理发师、毒贩等不同的男人，不断在疑似真爱的情感中交付自己，却每每换来一地伤心。

她做过土耳其浴的风俗女郎，被人诱导吸食毒品，后又杀人入狱。当青春年华逝去，不仅美貌消逝，因长期酗酒和摄入垃圾食品，身处肥硕变形，浑身散发恶臭，沦为人见人弃的对象。

这样一路“下坠”的人生轨迹，充满荒诞意味，旁人似是难以明白，可想想她身上那股追寻爱的执着劲，又不禁为之感动。爱，本没有错，错的是爱到失去自己。爱若有十分，不能不为自己留一分。

除了“为爱献身”的与松子，书中也有很多不同的女性形象，比如在狱中扮酷假装同性恋的泽村惠，可以为了事业脱光自己出演成人录像带，也能够适时抽身而退，成功转型为更具控制权的经理人。

女大学生明日香在书中出场次数并不算多，却在故事结尾起到了不可或缺的点睛作用。如果说松子曾经为了得到父母的认可而被迫选择了并不喜欢的师范大学，明日香则代表了尊重自己内心的新时代女性，她勇敢做出了退学的决定，重新报考梦想的医科大学。

从某种角度来讲，明日香这个人物的出现，既与松子形成了鲜明对比，象征着这个社会的另一种女性形象，同时也代表了松子的另一种命运可能性，对爱情、对理想，只要再觉醒一点，或许就是截然不同的结局。

松子的一生，看似多舛、失败，实则笼括了每一个普通女性的一生，我们每个人都可以在故事中找到属于自己的那一部分，如同照镜子般看到曾经的自己。或者说，谁敢保证我们不会遇到与松子一样的困局。

身为长女不被重视，尽管松子努力想博得父亲的关爱，无奈在缺爱的目光中长大。脱离原生家庭后，松子渴望在异性身上寻得温暖，结果次次所托非人。

家里家外皆苦，直至凄凉晚景，松子也曾几次踏进家门，然而却始终没被家人接纳，直到孤苦惨死于出租屋，弟弟纪夫才前来收尸，并安排自己的儿子川尻笙为她处理后事。

早上阅读过的新闻报道中的女尸，突然成了自己从未谋面的姑姑，川尻笙自然是拒绝的。还好得益于女友明日香的好奇与“多事”，川尻笙不得不参与其中。在处理松子的家具和行李的过程中，逐渐对这位未曾谋面的姑姑产生了兴趣，下决心查清松子暴毙的真相。

每个人的一生都是一本传记，其中有苦有乐，有喜有忧。松子的这本人生传记，在某个夜晚突然搁笔，只等他人来翻开扉页，读取自己的心声。

Step 2

大学生川尻笙本想利用暑假与女朋友欢度二人世界，却没料到故乡的老父亲突然造访，还随身携带了一个骨灰盒。父亲坦言：几日前新闻上惨遭杀害的女人叫松子，是他的姑姑，并请他去整理松子生前租住的公寓。

对于这位闻所未闻的姑姑，笙并无太大兴趣，更何况父亲临走时又说“她是家族的耻辱”。可女朋友明日香却对松子姑姑扑朔迷离的死因充满了好奇，主动提出与笙一同前往，协助警察查清事情的真相。

第二天，笙与明日香来到了松子姑姑生前居住的出租屋。公寓很老旧，内部更是脏乱不堪。整理遗物的过程还算顺利，在大衣橱里发现了一个褐色信封，里面保存着松子姑姑年轻时的照片。照片中的她年轻漂亮，娇俏可人，完全出乎笙的想象。然而根据不动产主人和隔壁邻居大仓修二的回忆，松子姑姑却是肥胖无礼且浑身发臭的老女人，整日过着消沉萎靡的生活，令人生厌。

明日香亲自向大仓修二打听，得知松子曾多次在荒川的河堤上茫然地望着河面落泪。

为了继续探寻松子姑姑的生前行踪，二人一路走到了荒川河堤。河堤的台阶上坐着一个看书的男人，笙立刻认出他正是之前警察所出示的照片上的疑犯，忍不住大叫起来。男人似是受了刺激，慌张地转身离去，手里的书却掉在了原地，那是一本《新约圣经》。

时间回溯到拍下川尻松子青春面容的年代。大学毕业后，松子遵从父亲的意思做了一名中学教师。入职不久，她便被田所校长指名随同出差，到了地方，原本预定的两个房间如今只剩一间，校长怒骂当地旅行社负责接待的井出工作失职，井出不惜跪地苦求，以求保住自己的饭碗。

本性善良而不谙世事的松子同情井出先生也是为生计所迫，又见房间中间有拉门隔断，于是松子主动提出愿意与校长同住。

睡梦中松子突然感到一阵窒息，竟然是田所校长压在身上。她奋力反抗才避免事态进一步发展。然而恬不知耻的校长反咬一口，声称是松子醉酒后主动勾引自己，让自己很难做人。为了逃脱罪责还继续威胁松子说，同住本是由松子提出，自己只是无奈被迫接受，如果非要起诉强奸，最终的受害者只能是松子。生活经验稀缺的松子轻信了田所校长的恐吓，不敢再作声，只能独自默默流泪。

这一趟出差犹如噩梦，好在正式修学旅行时田所校长并未参加。松子才松了一口气，哪知又遇失窃风波。

学务主任突然召开紧急会议，要求各位负责老师协助调查旅馆礼品店手提金库里丢失的现金的去向。根据旅馆方面的陈述，晚餐前自由时间学生们挤在礼品店里买东西时并未出现任何异样，但晚餐时间无人看店，差不多一万两千五百日元的纸币不翼而飞。

松子老师班上的学生龙洋一曾在晚餐时间外出上厕所，又加上他一向被认作问题学生，无疑成了首要被怀疑对象。而作为导师的松子当然不愿相信自己的学生是小偷，更不想怀疑自己的学生，却也无法违抗学务主任的命令，只好硬着头皮去学生的房间确认。

松子试探着向龙洋一询问晚餐时间礼品店失窃的事情，但龙洋一否认自己偷过钱，粗暴地推开松子后摔门而去。松子最后决定自己先把钱垫上。不巧的是，此刻松子钱包里的现金远远不够，情急之下只好先从同住室友藤堂草老师的钱包里借用了四千日元。

松子带着凑够的现金，尝试与礼品店主人讲和。礼品店主人坚持要松子将偷钱者带过来亲自道歉。松子既想袒护学生，又要安抚礼品店主人，称自己就是真正的偷窃者。

这一幕恰巧被学务主任看到，松子便如实解释了原委。听闻此言，学务主任告知松子不可将实情告知他人，等着大事化小小事化了。

回到学校之后，学务主任闭口不提，校长也就对旅馆偷窃事件一无所知，似乎事情就被这样掩盖过去了，而松子早已忘记了之前偷拿藤堂草老师现金的事情，以为不会再有人追究。然而短暂的平静往往是暴风雨来临的前奏。

Step 3

学校同事佐伯老师邀请松子周末一起去看电影，松子既兴奋又紧张，一回到家便与妹妹久美分享了这个好消息。

想到约会需要用钱，松子才想起修学旅行时自己手头现金全都替学生还给了礼品店，只能向家人张口。松子壮起胆子向父亲借钱，得来的却是一顿臭骂。父亲责怪松子向妹妹炫耀自己交往了男朋友，丝毫没有考虑到久美无力恋爱是何等感受。

童年时的委屈感再次冲击着成年后的松子。在松子的记忆中父母总是为生病的妹妹四处奔走，无暇顾及自己。想到这些，松子怨恨妹妹占有了比自己更多的爱。而久美知道松子缺钱后，却把自己积攒的零用钱给了松子。

然而期待的约会还未到来，松子的人生就遭遇了无法承受的重压。校长听说了旅馆失窃的事情，知道实情的学务主任没有帮着松子作证，如此一来，松子不但声誉被毁，还罪上加罪，结果只能被迫辞职。

职场受辱，家中缺爱，本是大好年华的松子备受打击，草草收拾了行李，骑上每天陪伴自己的那辆破自行车，头也不回地出了家门，去外面的世界追寻一份属于自己的爱。

松子离家之后来到博多，不久后便与怀揣作家梦想的男子彻也同居。离家大半年后，松子给家里打了电话，约弟弟纪夫相见。

纪夫并不关心松子的生活近况，只是告知她父亲已去世，妹妹久美精神出现问题，希望松子不要再回去打扰家人的生活。拿给松子五万日元，算是亲情的一次性“买断费”。

某个雨夜，彻也自觉前途无望，最终选择了自杀。松子没过多久，便和彻也的朋友已婚男冈野走到了一块，成了他的情妇。

原生家庭中没有汲取到充分的安全感，缺爱的松子总是在两性关系中渴求爱的独占性。和冈野的关系也是如此，她发现自己越来越依赖冈野，甚至在某天晚上一路跟随其后，在冈野进门之后在外暗中观察许久，并最终忍不住敲开门向其妻子示威。

婚外情既已败露，冈野不愿再与松子维持情人关系，并表示自己从未爱过松子，只是由于嫉妒彻也的才华，羡慕彻也可以一心追逐自己的梦想，于是想要占有他所拥有过的女人，以求得某种心理平衡罢了。

刚刚找回一丝依靠的松子再次摔了个趔趄，但是眼前的生活纵使一团乱麻，松子却不得不咬紧牙关，继续走下去。

松子来到之前面试过的土耳其浴，狠下心咬咬牙脱光自己，成功通过了面试，以“雪乃”的花名正式开始沐浴女郎的工作。

长相甜美且是中学教师的出身令松子很快便成为客人们的谈资，前来点名求服务的客人络绎不绝。松子成了当月的销售冠军，收到了一笔颇为丰厚的奖金，可谓名副其实的“头号红牌”。

松子沉浸并满足于这份工作的充实感与价值感，本以为生活逐渐稳定下来，却突然遭遇经营权变更的影响，富吉经理招进了一批年轻女郎，抢走了松子和绫乃等一批老员工的生意。

这时出现了一个名叫小野寺的男人，他看中了松了的工作能力，提议要做松子的搭档，邀松子去新地方开辟市场赚大钱。松子接受了小野寺的提议，由小野寺担任经理人，负责牵线寻找更好的工作机会，松子则可一心一意接客。

有了规划，松子便跟着小野寺去往新地方。路途中，途径松子的故乡。两年来，松子未曾回家看过一眼。走进家，松子看到了父亲的遗像，更读到了父亲的日记。在每一页日记的最后，父亲都写了一句话，“没有松子的消息”。原来父亲是惦念女儿松子的，只是他们再也没有面对面的机会。

弟媳回来，看到松子不觉惊诧，更是不肯收下松子递交的大额还款。而松子原本以为此次回来能够用钱向弟弟证明自己在外混得不差，岂料弟媳不给她机会，不由扇了弟妹一巴掌。闹剧的顶点，松子看到了病容憔悴的妹妹久美，她为看到松子而激动落泪，可松子选择落荒而逃。

对松子来说，她没有理由回来，她无家可归。

Step 4

笙还在调查松子姑姑的死因，于是他又来到了河堤，再次遇到了丢失《圣经》的中年男子。男子听闻笙是松子的侄子，便向其打听松子的下落。得知松子已经去世，男子难掩悲伤，自称是松子生前的学生龙洋一。

在笙的陪同下，龙洋一来到了松子生前居住过的公寓。看到松子老师生前居然如此落魄，龙洋一对自己年轻时的行为深感愧疚，认为是自己亲手毁了松子的一生，并后悔没有早日联系并挽救松子。

龙洋一坦白，身为问题学生的自己当年明明十分爱慕并暗恋松子老师却故意处处刁难，不但偷了旅馆的钱嫁祸于松子，还故意诬陷松子威胁自己，最终害得松子被学校开除并离家出走。

笙听了这些事，相信龙洋一是真心懊悔，便认定他不可能是杀害松子的凶手。然而作为警察局的备案嫌疑人，龙洋一还是免不了被刑警带回去审问，临走时只留给笙一张名片。

名片上的泽村惠女士是松子之前的狱友，目前却是坐着高级轿车的企划公司的老板。得知姑姑松子坐过牢，笙不禁更加好奇这个毫无焦点的姑姑究竟是一个怎样的人，又是犯了何罪才会锒铛入狱。

小野寺做了所谓的经理人之后，松子赚的钱全部交由他打理。

每日松子在外出卖肉体，小野寺却拿着钱吃喝玩乐吸食毒品。

久未联系的赤木经理打来一通电话，告知松子，绫乃被注射冰毒的男友杀死了。这个意外的噩耗令松子突然清醒，她意识到滥用毒品是一条自我毁灭的不归路。

慎重考虑之后，松子向小野寺提出戒毒，并彻底脱离土耳其浴女郎的工作，与小野寺合作开一家餐馆做长久生意，过正常生活。松子不曾料到，小野寺整日赌博，甚至在外包养女人，而且早就有了抛弃松子卷钱离开的想法。

松子彻底被怒火吞噬了，失手用菜刀砍死了小野寺。事后她准备去往东京，在太宰治当年投河的地方赴死。等到了地方才发现，那条河已成了一条淹不死人的沟。矮胖中年男岛津看到一心求死的松子，好心收留，在自己的理发店内为松子腾出了一块栖身之所。

岛津因一场车祸失去了妻儿，对松子温柔又实在。渐渐地，松子与岛津两人日久生情，在外人看来，他们俨然成了一对夫妻。岛津更是递上了求婚戒指，拿出一份诚意希望与松子共度余生。

然而，命运再一次捉弄了松子。她没有等到和岛津领取结婚证明，就被突然出现的刑警以杀人罪逮捕。这一年，她二十七岁，刑期八年。

入狱后的松子下定决心洗心革面，并向讲师咨询了接受美发师职业培训的要求。经过一年半的改造后，松子参加美容学校的申请得到了许可。后来又经过为期一年的实习，松子通过了国家级的美发考试，同时得到了假释的机会。高墙外的春天仿佛在向松子招手。

可现实如寒冬冰凉，于他人来说，松子是被嫌弃的对象。弟弟纪夫、岛津先生相继拒绝了松子的保人申请。所谓希望越大失望越大，想到墙外无人盼着她出狱，松子再度受到严重打击而发狂，故意违反狱规发泄情绪，做出试图越狱的愚蠢行为。

因为此次事件，松子失去了继续在美容室工作的资格，而后只是一天天冷漠地踩着缝纫机度日。就这样一直熬到刑满出狱，那一年她已经三十四岁了。

松子独自走出监狱，凭借多年前的记忆，她乘车来到了当年遇到岛津先生的故地，一路寻到“岛津美发沙龙”。她想告诉岛津，自己已经取得了美发师执照，松子只想当面说出这句话，哪怕对方反应冷淡。当松子与岛津近在咫尺时，她却停下了脚步，原来岛津已经另遇幸福，身边有贤妻有可爱的孩子，没有半寸松子可以靠近的位置。

昔日的中学教师，不但沦为土耳其浴女郎，更是陷入毒品泥潭，乃至杀人入狱。这一系列的转变，在对松子杀人案的判决书上将其归结为：“任性而为，处事以自我为中心，导致其误入歧途。”而笙在多年后读完判决书了解松子杀人的前因后果后，却认为姑姑松子只是直率得有点蠢而已。

Step 5

出狱后的松子想利用已经掌握的美发技术，做一名美发师。东京有家“茜”理发店，与监狱内的美容室同名。借由这点相似，松子前去应聘。她的手艺得到认可，顺利入职。

松子手巧，又聪明肯吃苦，时常参加店内的研讨班，没过多久，作为美发师的松子就在理发店的客人中间赢得了不错的口碑。不用为薪水不愁，日子也渐渐安定了下来。

一日，店内来了一位衣着时髦的漂亮女郎。她正是松子的昔日狱友东惠，婚后改名为泽村惠。泽村惠较松子早几年出狱，她出狱后从事裸体模特的工作，并嫁给了模特公司老板，从而成功变身老板娘。

泽村惠熠熠生辉的脸在松子看来十分刺眼，同样是坐过牢的女人，出狱后的生活状态却大不相同。就算泽村惠是从事展示身体的特殊职业，也有丈夫陪在身边，而孤零零的自己为何要坚持从事美发行业呢，明明是不可能与岛津再续前缘的。有了这种想法，松子的肚子和精神区间一样，空空如也。

理发店就如同一个微型社交场所，出入的客人三教九流都有，其中自然不乏黑社会帮派与暴力集团，而松子昔日的学生龙洋一，便是其中一员。

龙洋一陪同帮派老大的情妇前来美发，认出了当年的川尻松子老师，出于当年偷钱事件的愧疚，龙洋一没有上前相认，却守在了松子下班必经之路。

当年那个声称“下次见面一定要杀死你”的学生，如今一脸愧疚站在面前，还告白说松子老师是他一生所爱。这意外的告白撞击了松子因缺少爱而空洞的心脏，她选择接受龙洋一。对于这份感情，她只有一个要求，“从现在开始，要永远在一起！”

又一次，与男人的关系里，松子以飞蛾扑火般的姿态投身其中，和龙洋一开始了同居生活。同居后，松子把精力放在了龙洋一身上，不再参加店内的业务培训，甚至某天起无故缺勤。

笙根据泽村惠提供的线索找到了松子曾经工作的理发店。在店长的讲述中，松子对待工作的变化就是在龙洋一出现后才产生的。提及此事，店长很后悔当时没有出面劝阻，她只知道后来松子被逮捕，具体缘由却没有过问。笙若想要再追查，还是得由龙洋一解密。

龙洋一几天前虽然被刑警带走，因具有合理的不在场证明，很快便被释放。笙在一个基督教堂再次见到了龙洋一。

笙把从松子姑姑出租屋里找到的那张写真照交由龙洋一保管。龙洋一看到松子年轻时的样子，往事历历在目。

龙洋一与松子重遇之后，得到了曾触不可及的爱情，但他没如实告诉松子，自己陷入黑社会组织的毒品交易，且又做了一位缉毒警的“线人”，早就无路可退。

龙洋一有一个传呼机，时常会突然哔哔哔地响起，龙洋一听到后便会匆忙离开。每次外出，短则一两天，长达几个星期，每次回来都会交给松子一个鼓鼓囊囊的信封，里面全是一万日元现钞。

起初，松子只是觉得蹊跷而担心，对龙洋一所做何事一无所知。那天，龙洋一从米缸里意外掉出毒品，贩毒之事暴露。松子想到了含冤而死的绫乃，以及死于自己乱刀之下的小野寺，奉劝龙洋一早日收手，远离危险行业。

为了帮助龙洋一戒毒并回归生活正轨，松子已无心去理发店上班，只谎称自己身体不舒服需要休息。然而龙洋一非但不领情，毒瘾发作后多次对松子拳打脚踢。

后来，龙洋一做卧底的事败露，遭到了帮派的追杀，他劝松子和自己一起服毒自杀。松子再次相信了龙洋一，两人一起服下毒品，龙洋一却突然对死亡心生恐惧，不愿拖着松子陪葬。他打电话到警察局自首，希望在狱中保命。

最后龙洋一得偿所愿，他与松子因违反《毒品取缔法》双双入狱，命算是保住了，却也害得松子再次面对铁窗生活。

熬过八年的牢狱生活，松子才得以重见天日，好不容易开始新的生活，却又意外遇到之前的不良学生龙洋一，与之发生一段畸恋。松子放弃自己原本可以独立而平静的生活，全情投入到拯救龙洋一的目标中，最终却是再次把自己逼入了毫无退路的绝境。

Step 6

龙洋一和松子分别被判刑，龙洋一四年，松子一年，两人被关进了不同的监狱。

再次被龙洋一扰乱人生，松子不但丝毫不怨恨这个男人，反倒仍然不忘曾经的誓言，“要永远在一起”。一年后，松子出狱，所做的第一件事便是去检察署确定龙洋一的刑期和监狱地址，她寄出了结婚申请书，希望以合法身份与龙洋一保持联络。

而龙洋一在狱中反省了自己，认为自己不该继续破坏松子的人生，所以给松子写了一封回信，要她忘掉自己，去寻找真正能带来幸福的人。

松子并没有放弃，她在监狱附近找了一份理发店的工作，一边虔诚地等待龙洋一出狱，一边努力存钱，她坚信三年后可以与龙洋一相互依靠着生活。

终于熬到龙洋一出狱那天，龙洋一没有想到松子会在门口等着自己，松子那如神一般伟大的爱让他退缩了。他没有自信今后能好好对待松子。大哭之后，龙洋一从松子处讨钱后仓皇而逃。

松子虽然对龙洋一的离去表示不解，却坚信龙洋一总有一天会再次回到自己的身边，于是日复一日耐心等待着。与松子的等待与守候不同，龙洋一对松子的爱便是清理伤害过她的人。龙洋开枪打死了当年企图强奸松子的田所校长。

龙洋一二次入狱后开启了自我救赎之路，他信奉了基督教，整日捧着一本《圣经》祈求神灵的原谅。

而得知龙洋一为自己报仇而犯罪，松子失去了最后的救命稻草，生活全面崩溃。她搬到了一间位于荒川附近的廉价公寓，不再去工作，整日暴饮暴食，日渐肥胖萎靡，并且严重酗酒和依赖药物。

四十一岁的松子提前停经，头晕呕吐，身体健康也出现了严重的问题。松子放任自己如此沉沦着，一转眼，十年时光流逝，五十岁的松子又老又脏。

在堆满垃圾的屋子里，松子用酒精麻木自己，恍惚中她回顾了自己的一生，从田所校长到佐贺老师，再到彻也、冈野、赤木、小野寺、岛津……一路走来，经历了如此多的男人，竟无一人值得依靠。

松子越想越觉得崩溃，只好跑去看精神科，开了一大堆抑郁症的药。吃过药，精神没有好转，反而又是昏昏沉沉睡去，一天又一天……

“生而为人，我很抱歉”，松子自感生而无望，每天睁开眼不过是浪费生命。

某一日，松子去医院取药，意外偶遇了泽村惠。松子自知自己现在一副落魄相，不愿多聊。泽村惠却对松子心疼不已，表示愿意接受松子到自己的公司上班做美发师，还留下了自己的名片。

泽村惠的一片好意，在精神失常的松子看来只不过是对自己的怜悯罢了，甚至包含着某种炫耀。松子情绪激动，将泽村惠留给自己的名片揉碎，丢弃在了公园的林子中。回到家，又是借助酒精，倒头大睡。

天已渐黑，松子逐渐变得清醒，她感到冥冥中有两只手举到了自己眼前，剪发、吹风、打层次，尘封许久的技术再次得到了演练，松子身体里凝固的血液重新开始流动起来，她决心再去试着活一回。

为了重新找回泽村惠留给自己的名片，松子摸黑冲进公园。公园里有一群酒后玩耍的青年男女，嫌弃浑身发臭的松子碍事，对她一阵拳打脚踢。

等到松子醒来，公园里已是寂静一片。她强忍着全身的疼痛，摇摇晃晃地回了家，而后倒在地板上，再也没有醒过来。

被人嫌弃的松子，就这样被素不相识的陌生人夺去了生命。她孤独地死去，身边没有一个在乎她的人。

笙的女朋友明日香听完松子姑姑的故事，从中倍受启发，决意努力去过自己想要的生活。她办理了休学，同时与笙分手，全心投入到报考自己梦想的医科大学考试中。

然而对于笙来说，原谅与自己同龄的几个青年男女，绝非易事，他不甘心，看松子连生的可能都被他人剥夺。只是他不是法官，恨或许会在时间中消解，但对于生命意义的思考会烙进记忆。

Step 7

每个人的一生都是独一无二的，有自己专属的快乐幸福，也有他人无法理解的痛苦悲凉。松子被亲情冷落，被爱情抛弃，最终孤苦伶仃地中止了自己多舛不幸的一生。

没有谁是生来就该被嫌弃的，松子遭人嫌弃的命运究竟是怨他人无情，还是该怪她自己的选择呢？回顾松子的一生，不难发现她被嫌弃的原因。

在川尻松子的记忆中，从小到大，她都是不被父母偏爱的那一个。

松子是长女，她以下有弟弟纪夫和自小就体弱多病的妹妹久美。松子认为就是这个病弱的妹妹，夺走了本该属于她的那一部分父爱。

在松子的父母看来，妹妹久美因体弱活动不便，甚至被剥夺了上学读书的权利，必然内心脆弱，需要更多的关注与疼爱。相较之下，松子健康聪颖，学习优秀，处处好过久美，理应对妹妹谦让。

松子的父母忽略的是，每一个孩子对父母关爱的期待不会随着年龄减少，更不会因为任何原因而把自己的那份亲情拱手相让。由父母的偏心所导致的亲情缺失，会严重影响子女的性格。

松子身上的讨好型人格就是在被忽略的环境中生成的。越是得不到父亲的爱，松子越是想尽办法求得关注。为了赢得父亲的认可，松子不惜违背自己的理想，按照父亲的意愿报考了师范学校，成为一名中学教师。她以为成为理想中的女儿就能把父亲从妹妹那里“抢”回来。

松子有了追求者，她第一时间把约会的消息告诉了妹妹久美，没想到却被父亲训斥。这时的松子虽已成年，但仍被不被爱的委屈感裹挟着，她认定自己是被父亲嫌弃的对象，与家人的关系也走到了疏离的转角。

险遭校长性侵后，松子忍气吞声，没有对家人倾诉。修学旅行时因袒护偷钱的学生，白白蒙冤丢掉了自己的工作。这种屈辱，松子没有对父亲提及，她离家出走，也是因为无法忍受父亲知道后的反应。

原生家庭缺爱的人，难免缺乏安全感，而安全感的缺失，最明显则体现在感情生活上。松子爱过不止一个男人，每一回都是用尽全力取悦对方。

第一个恋人彻也，一个空怀理想，却连基本生活都难维持的作家。同居生活中，男方逼迫松子出去做风俗女郎。为了讨好彻也，松子竟没有拒绝这种无理要求。

第二个恋人冈野，彻也的好友。松子依恋冈野给予的温存，盼望着和冈野做名正言顺的夫妻。然而冈野并不是真心相待，没过多久就无情地将松子抛弃。

第三个恋人是小野寺。这个男人不过是把松子当作赚钱工具罢了。他榨取松子的存款，又把毒品带进松子的身体，和他在一起的日子，也是松子加速堕落的日子。

第四个恋人是龙洋一。当年松子正是为袒护龙洋一而顶罪，导致自己失去教职，从而离家出走又沦落受难。重逢之际，松子不但没怪罪龙洋一，反而接受了他的表白，将其视为要永远在一起的爱人。

得知龙洋一吸食并贩毒，松子没有远离这个危险人物，而是丢弃了自己的工作，一心想着要帮助龙洋一戒毒，怎奈龙洋一早已身不由己，进退两难，遭到帮派追杀。

当龙洋一提出一起服毒自杀，松子并不惧怕死亡，只求同死。没死成，松子就还渴望被爱。她痴心等待着龙洋一出狱，共度余生。然而松子没有料到，她的爱吓得龙洋一落荒而逃。

爱过这么多人，用过这么多真心真意，每一次都是以被辜负的结局收场，松子再也爱不动了。彻底丧失了对爱的渴望也就不再对生活有所希冀。

对松子而言，只有感受到被爱才算真的活着。那些对被爱的欲望，源自内心的匮乏。对彻也、对龙洋一等人，松子最大化“出卖”自己，“服务”他人，误以为能以此取得对方的珍视。实际上这么做，与小时候做鬼脸博得父亲一笑在本质上是一致的，是盲目荒诞的“讨好”，却没讨来渴望的爱。

回望松子的一生，我们会发现，悲剧早就被推入轨道，只是生命凋零的那一瞬或早或晚罢了。躲过这几个陌生人的暴力，松子也躲不过被嫌弃的命运。

Chapter 3

灿烂千阳·黑夜无论怎样悠长，白昼总会到来

『即使命运再般悲苦，希望与爱的眼中仍能看到美。』

每个布满灰尘的面孔背后都有一个灵魂，而希望是栖息于灵魂中的一种会飞翔的东西。如她们的面貌一样纯真，如她们的灵魂一样不朽。

Step 1

五岁那年，玛丽雅姆第一次听到“哈拉米”这个词。那天是星期四，玛丽雅姆记得那天她坐立不安、心不在焉。她只有在星期四才会这样，因为这是父亲扎里勒到泥屋来看望她的日子。

在这之前，为了消磨时间，她爬上一张椅子，搬下母亲娜娜的中国茶具。

一不小心，茶具从玛丽雅姆手中掉落，在地板上摔得粉碎。娜娜抓住玛丽雅姆的手腕，咬牙切齿地说：“你这个笨手笨脚的‘小哈拉米’！”

当时玛丽雅姆没有听懂，她不知道“哈拉米”这个词是什么意思。但由于娜娜说话的语气，玛丽雅姆猜想到“哈拉米”是一种丑陋的、可恶的东西，就像被咒骂的蟑螂。

父亲扎里勒从来没这样叫过玛丽雅姆，他说玛丽雅姆是他的蓓蕾。他喜欢玛丽雅姆坐在他的膝盖上，喜欢讲故事给她听。

每逢父亲说起这些，玛丽雅姆总是听得入迷。她会羡慕父亲的见多识广，她为有一个知道这些事情的父亲而骄傲得直颤抖。

父亲走后，母亲就会说：“有钱人总喜欢说谎。他背叛了我们，你深爱的父亲。他把我们赶出他那座豪华的大房子，好像我们对他来说什么也不是。”

玛丽雅姆从来不敢对母亲说，自己有多么厌恶她这样谈论父亲。实际上，在父亲身边，玛丽雅姆根本不觉得自己像个“哈拉米”。

每个星期四总有那么一两个小时，当父亲带着微笑、礼物和亲昵来看望她的时候，玛丽雅姆会感到自己也能拥有生活所给予的美好与慷慨。玛丽雅姆爱父亲，即使她只能得到他的一部分。

扎里勒是赫拉特屈指可数的富人。他有一个厨师，一个司机，家里还有三个用人。他有三个妻子和九个子女，九个合法的子女。对玛丽雅姆来说，他们全是陌生人。在娜娜的肚子开始鼓起来之前，她曾经是这个家庭的用人。

玛丽雅姆十五岁那年。泥屋之外的树荫下，玛丽雅姆，娜娜和扎里勒，他们三人坐在折叠椅上。

“说到我的生日……我知道我想要什么。”玛丽雅姆对扎里勒说。

“我要你带我去你的电影院，我想要看卡通片。”话声刚落，玛丽雅姆察觉到气氛有点变化，她的父母坐不安席。

“这不是一个好主意。”娜娜说。她的声音很冷静，依然是扎里勒在场时，她使用的那种克制而礼貌的语调，但玛丽雅姆能感觉到她那严厉的责备眼光。

扎里勒在座位上挪了挪身体。他咳嗽一声，清了清喉咙。

“你知道吗，”他说，“放映机最近一直失灵。也许你妈妈说得对。也许你可以考虑一下别的礼物，亲爱的玛丽雅姆。”

后来，在山溪旁边，玛丽雅姆对扎里勒说：“带我走。”

“我会告诉你什么时候，”扎里勒说，“我会派人来接你，带你过去。”

“不要。我要你亲自带我走。”

"亲爱的玛丽雅姆……"

扎里勒叹了口气，他移开目光，望着群山。

玛丽雅姆想象自己坐在电影院的包厢里，舔着冰激凌，身边是扎里勒和她的同胞手足。"那就是我想要的。"她说。

扎里勒悲哀地看着她："明天中午。我会到这个地方来接你，好吧？明天？到这里来。"扎里勒弯下腰，把她拉过去，久久地抱着她。

一开始，娜娜在泥屋周围走来走去，她的拳头不断握紧又松开："我可以生各种各样的女儿，真主怎么会给我一个像你这样不要脸的呢！我为你忍受了一切！你怎么敢这样！你怎么敢这样就把我抛弃，你这个恶毒的'小哈拉米'！"

玛丽雅姆一直沉默不语，她害怕自己会说出一些伤人的话，她想对娜娜说，她已经厌倦了被当成一件工具，被当成撒谎的对象，被当作一项财产，被利用。

小说一开篇，就渲染了一个具有悲剧色彩的女性，充满指责和抱怨的娜娜。而年幼的玛丽雅姆，脑子里充满了幻想，向往着希望和自由。

所以她对母亲娜娜怀有嫌弃与怨恨之情，她甚至认为母亲是因为嫉妒自己，才试图阻挡她飞往幸福美好的生活。此时此刻，一个简单的逃离计划在玛丽雅姆内心生根、发芽。

Step 2

指针终于指向十一点半，玛丽雅姆走下山溪，娜娜坐在一株迎风摆舞的柳树树荫之下。玛丽雅姆不知道娜娜有没有看到她。

玛丽雅姆在他们前一天说好的地方等待，她等到双腿发麻。但是这一次，她没有走回泥屋。她将裤管卷到膝盖，蹚过山溪，这是她一生中第一次下山，朝赫拉特这个城市走去。

玛丽雅姆来到了赫拉特公园的中央，她憧憬着这座城市等待着她的新生活，和父亲、兄弟姐妹共同度过的生活。在这种生活中，她将会毫无保留地、没有附加条件地、不感到耻辱地付出爱与得到爱。

父亲扎里勒爽约了，他没有如约来接玛丽雅姆。作为十五岁叛逆期的孩子，玛丽雅姆天真单纯地认为，她向新生活迈开了人生的第一步，并在心里为自己的勇敢而自豪。

未来新生活的幸福大门会为她敞开吗?

玛丽雅姆被一个赶马车的老人带到了扎里勒家的门口，她抑制心中阵阵慌乱走了进去，司机告诉玛丽雅姆主人有急事出去了。

多年以后，玛丽雅姆有很多机会去设想，如果她让司机开车送她回泥屋，事情会变成什么样子，但当时她拒绝了。

那天夜里，她是在扎里勒的房外度过的。早晨，她被司机摇醒了。

“你该走了。”

玛丽雅姆坐起来，揉揉眼睛，她的后背和脖子都很酸痛：“我还要继续等他。”

司机说：“扎里勒说我必须现在就带你回去。你明白吗？”

“我想见他。”玛丽雅姆的双眼充满了泪水。

玛丽雅姆站起来，朝他走过去。在最后的刹那间，她改变了方向，奔向前门，闯入扎里勒的花园。

然后有一双手伸进她的腋下，她被抬离地面，被带到轿车里。

轿车停下了，司机把她扶出来，牵着她的手，扶她蹚过山溪。突然之间，他在她前面站住了，试图蒙上她的眼睛，将她往回推，不停地说：“往回走！别，现在别看！转过身！往回走！”

玛丽雅姆看到了。一阵大风吹过，吹开了那像窗帘般垂着的柳树枝条，那张直背的椅子，翻倒在地。一条绳子从高处的树枝垂下来，娜娜在绳子末端晃荡着。

对于玛丽雅姆来说，母亲是这个世上唯一用命挽留她的人。如果她还待在泥屋里，她的美好童年生活，也许会持久一点，她的人生轨迹也许会略有不同。

在汽车驶回途中，扎里勒和玛丽雅姆坐在轿车的后排座位上，手臂搂着她的肩膀。

“你可以和我一起生活，亲爱的玛丽雅姆，”他说，“我已经让他们给你打扫了一个房间。我觉得你会喜欢它的，你在房间里能看到花园的景色。”

玛丽雅姆第一次能够用娜娜的耳朵来听他说话。现在她能够清晰地听出他的安慰，都是虚情假意，她无法让自己看着他。

扎里勒扶着她的双肩，引领她走进大门。

没过多久，十五岁的玛丽雅姆就被迫嫁给一个四十多岁的鞋匠——拉希德。拉希德的老婆十年前难产去世，而他的儿子又在三年后在湖里溺亡了。

婚后前几年的生活，玛丽雅姆还是觉得幸福美好。她告诉自己，他们终究会休戚与共，因为她怀孕了。

看完医生坐公共汽车回家的路上，无论玛丽雅姆望向何处，都是一片鲜艳的五颜六色，仿佛有一道彩虹溶进了她的双眼。

拉希德戴着手套，十指轻轻敲动，哼着小曲。

去洗土耳其浴是拉希德的主意，玛丽雅姆独自坐在女性浴室的角落，当她看到自己脚下一摊鲜血，她尖叫起来。

再一次和拉希德坐公共汽车从医院回来，拉希德双眼紧闭，他没有再哼曲子。

玛丽雅姆躺在沙发上，看着窗外的雪花旋着、飞舞着。

她想起了娜娜曾经对她说过，每一片雪花都是人世间某个悲哀的女人叹出的一口气，她还说所有这些叹息飘到天上，聚成了云层，然后变成细小的雪花，寂静地飘落在地面的人们身上。

幸福总是短暂的，而苦难却是漫长的。玛丽雅姆已经感觉到幸福在向她招手时，而意外流产却突如其来地给他们幸福的家庭打了个休止符。

Step 3

悲哀的延续出乎玛丽雅姆的意料。

四年来，又曾有六次希望从玛丽雅姆心中升起，但后来都破灭了。一次又一次的失望之后，拉希德对她更加怨恨和疏远。对他来说，她只是负担而已。

拉希德经常会找借口殴打她。他的手使劲捏住她的下巴，将她的嘴巴撬开，然后把几块冷冰冰的、坚硬的石块塞进去。玛丽雅姆挣扎着，不断求饶，泪水从她眼角不断滴下来。

“快嚼！”他咆哮说。

玛丽雅姆咀嚼起来。

“很好。”拉希德说，他的脸颊抖动着，“现在你知道你做的饭是什么味道了。现在你知道你跟我结婚之后给我带来什么了。只有难吃的食物，别的什么也没有。”

他说完就走了，留下玛丽雅姆在那儿吐出石块、血，还有两个被咬碎的臼齿的碎块。

玛丽雅姆从出生就背负着“哈拉米”的歧视和羞耻，长大结婚后，又因为多次流产，被丈夫视为“无用的负担”，长期饱受家暴的折磨。

造成玛丽雅姆悲剧命运的原因，是传统落后的思想。女人从未获得做人的资格，男人是她们痛苦的根源。

九岁的莱拉和往常一样，从床上爬起来，渴望见到她的朋友塔里克。莱拉五岁时，因为踩到地雷失去了一条腿。

楼下，她的父母正在吵架。

本书的第二个主人公“莱拉”出场了，与第一个主人公“玛丽雅姆”相比，她是幸运的。莱拉有良师益友：那就是童年的好伙伴塔里克和曾担任老师的父亲。

原生家庭的影响，决定了“莱拉”和“玛丽雅姆”对事情有不同的处理方法，也决定了她们会有不同的人生命运。

每天吃过晚饭之后，爸爸会指导莱拉解答题目，也给她布置作业。就在这时，有人在敲门。莱拉见到那个陌生人和她父母一起坐着。爸爸脸色灰白，而妈妈则哭喊起来。她们的两个儿子在战场殉难了。

莱拉猛然发觉一直很丰满的妈妈已经瘦了很多，头发出现了几绺灰白。当爸爸找不到他的刮胡刀时，莱拉担心妈妈会自杀。

妈妈说：“我不会自杀的，我想看到我的儿子梦想成真。”

作为母亲，如果说娜娜是为孩子而死的人，那么法丽芭就是为孩子而活着的人。

同样伟大的母爱，却有截然不同的表示方式。莱拉的母亲法丽芭有着坚定的信念，这种力量是母爱所赋予的，它寄托着母亲对儿子永远的怀念。

莱拉、爸爸和塔里克外出旅游，是爸爸提议出来玩，尽管他薪水微薄，但他还是在这一天请了个司机，说要去一个很有教育意义的地方。

巴米扬曾经是昌盛繁荣的佛教中心，登顶时候，塔里克几乎喘不过气来，爸爸也在喘息。但他眼里闪烁着兴奋的光芒。爸爸俯视着巴米扬峡谷，说："我虽然深爱这片土地，但我想终究有一天，我会离开它的。"

午饭后，他们来到一条水声潺潺的沟渠旁边，塔里克在岸上的一棵树下面打盹，爸爸坐在一株粗壮的金合欢树下看《老人与海》。莱拉坐在小河边，脚浸泡在冰冷的河水中。莱拉又想起了爸爸的小小梦想。靠近海边的某个地方。

此章节是书中唯一没有硝烟的平静的生活，莱拉的爸爸代表着信念和希望。这样平静安详的田园生活，对于他们来说，如同一个梦，一个令人向往的白日梦。

当火箭弹开始如雨水般降落在喀布尔的时候，人们赶忙寻找掩护。

每个人都在离开，现在塔里克也要走了。家里大门被子弹打穿一个新的洞孔之后，莱拉父母每天都在交谈。终于，一家人决定离开喀布尔了。

等到中午时分，突然传来一声巨响，一道白光在莱拉身后闪起。把她撞得双脚离地，把她抬到空中。她飞了起来，身体在空中不停地扭曲着、旋转着，然后撞上墙壁，摔倒在地上。

莱拉昏迷过去，回到黑暗之中。

莱拉的母亲为了两个殉难的儿子，坚持着这个家。当她意识到，如果再不离开，有可能会失去女儿时终于决定离开，却再也离不开了。

莱拉失去了深爱的塔里克，而后又痛失父母。战争让她失去了爱情，失去了亲情，失去了一切。

Step 4

发现莱拉，把她从废墟中挖出来的正是拉希德，拉希德把她接回了家。

莱拉父母被炸死一个月之后的某一天，塔里克也被炸死了。

拉希德总是企图感动莱拉，吸引莱拉。玛丽雅姆意识到她的丈夫正在上演一场求爱的好戏。

玛丽雅姆鼓起勇气，走进拉希德的房间。

拉希德点燃了一根香烟，说："有何不可？我给你带来一个帮忙打理家务的人，也给她一个栖身之所，一个家庭和一个丈夫。"

稍后，在黑暗中，玛丽雅姆告诉了莱拉，"他希望明天早上得到答案。"玛丽雅姆说。

"他现在就可以得到，"莱拉说，"我愿意。"

莱拉嫁给拉希德后，她和玛丽雅姆之间充满尴尬的紧张气氛。

拉希德对莱拉说："你别怪她，她不爱说话。你和我是城里人，她是乡下人。"他突然转向玛丽雅姆说，"你没有跟她说过，你是'哈拉米'吗？"

莱拉跟拉希德说她怀上孩子后，玛丽雅姆听到了，她愠怒地坐在那儿，看上去却很凄凉。几天后，莱拉和玛丽雅姆因为寻找一个搅米饭的长勺而争吵起来。

"你真是一个可怜又可悲的女人。"莱拉说。

玛丽雅姆不由一愣，随即恢复了常态："那你是一个婊子，婊子和小偷。"

然后她们大叫大嚷起来。自那以后，她们再也没有说过话。

莱拉依然为自己的情绪失控而感到震惊，但事实上，她冲着玛丽雅姆叫嚷，咒骂她，是为她积聚已久的愤怒和悲哀找一个发泄的目标。莱拉有某种直觉，她觉得对玛丽雅姆来说，也有着同样的意义。

初春的一天清早，玛丽雅姆看着拉希德陪着挺着大肚子的莱拉走出房子。回来的时候，拉希德脸上有一抹阴影，在黄昏的棕黄色光芒中黑着脸。

莱拉给女婴起了个名字叫阿兹莎，就是宝贝的意思。关于婴儿的事情，成了莱拉和拉希德争吵的理由。

奇怪的是，莱拉的失宠本应让玛丽雅姆觉得很高兴，但她没有，她发现自己对女孩生出了怜悯。同为女性的玛丽雅姆从莱拉的身上，似乎看到了自己的影子。看着莱拉为孩子忙上忙下，累并快乐着，身上所散发的母爱的光环，又让玛丽雅姆产生了一丝丝羡慕和同情。

这次莱拉和拉希德的争吵变得越来越激烈。

"这是你干的好事。我知道的。"他咆哮着向玛丽雅姆走过来。

"她反抗我肯定是你教她的。"拉希德举起了皮带，甩向玛丽雅姆。

接着，一件让人吃惊的事发生了：莱拉向他扑过去，成功地拖慢了拉希德走向玛丽雅姆的脚步。

玛丽雅姆知道她不用挨打了。拉希德把皮带甩到肩膀上："我警告你们两个。这里是我的房子，我不会被你们愚弄的。”

玛丽雅姆抬起头来，看着莱拉，好像第一次看到她似的。

莱拉站起来：“我知道外面很凉，但你觉得像我们这样的罪人到院子里喝一杯茶怎么样？”

她们坐在屋外的折叠椅上，山中枪炮声连绵不绝，看着云彩飘过月亮，这个季节最后一批萤火虫在黑暗中划出一道道明亮的黄色弧线。

玛丽雅姆慢慢适应了这种不无顾忌而令人愉快的相处。

当阿兹莎第一眼看到玛丽雅姆时，她眼睛一亮，开始在她母亲的怀里扭动叫喊。她伸开双臂，要求玛丽雅姆抱她。

玛丽雅姆生硬地抱着她摇晃，嘴唇上挂着既迷惑又感激的微笑。玛丽雅姆从未碰到一些需要她的人，从未有人如此天真地、如此毫无保留地对她表达爱意，阿兹莎令玛丽雅姆想哭。玛丽雅姆彻夜未眠，她坐在床上，看着雪花无声地飘落。

而这一切都让玛丽雅姆在阿兹莎那里，找到了共鸣和人生的价值。阿兹莎是玛丽雅姆生命里的一道曙光，给她的生命带来了光明，让她对生命又重新燃起了希望。

Step 5

莱拉再次怀孕了，生了个男孩——察尔迈伊。在他两岁的时候，一场大火吞噬了拉希德的店铺，他们的生活开始蒙上了饥饿的阴影。

“我的孩子要死了，”莱拉说，“就在我的眼前。”

“他们不会死的，”玛丽雅姆说，“我不会让他们死的。一切会好起来的，亲爱的莱拉。我知道该怎么办。”

玛丽雅姆把布卡穿上，和拉希德一起步行到洲际饭店。在酒店门口，拉希德和一个门卫打招呼、相互拥抱。玛丽雅姆隐隐约约记得这个门卫很面善。

拉希德拨了号码，把电话交给玛丽雅姆。玛丽雅姆听着咔嚓、咔嚓的铃声，思绪翻飞。

她想到了最后一次见到扎里勒的情景。十三年前，他站在她房子外面的街道上，拄着拐杖，站了好几个小时，等着她，不时呼唤她的名字，就像她曾经在他的屋子外面呼唤他的名字一样。

玛丽雅姆把窗帘分开，朝他看了一眼。他的头发变得蓬松而灰白，已经有点驼背。比起记忆中的他，扎里勒瘦了很多。

扎里勒也看见她了，他们的目光也曾隔着另一道窗帘的缝隙相遇。但当时玛丽雅姆匆匆把窗帘合上。她坐在床上，等待他离开。

电话接通后，玛丽雅姆得知扎里勒很多年前就去世了。玛丽雅姆对着电话，眼泪无声地流下来，为她年轻时那愚蠢的骄傲而后悔不已。经过时间的沉淀后，多年后，那颗对父亲憎恨的种子竟然开出了忏悔的花朵，其实那颗种子一直深埋在父爱的土壤里，从未离开过。

“走开，你！”察尔迈伊大喊。

“嘘，”玛丽雅姆说，“你在朝谁大喊啊？”

他伸出手指着：“那边，那个人。”

莱拉顺着他的手指看过去，塔里克奇迹般地站在那儿，莱拉向他跑去。

玛丽雅姆才想起来那天她和拉希德去洲际饭店给扎里勒打电话时，为什么会觉得那个门卫很面熟。她记得九年前，那个人就坐在楼下，不断用手帕擦额头，跟她要水喝。现在她脑海中涌起了各种各样的问题：以前关于塔里克的死讯，是个骗局？

原来那场生离死别的爱情故事，只是拉希德导演的一个骗局，是他为了霸占莱拉，而设计的一个阴谋。如今男主人塔里克并没有死，而是奇迹般在站在这里，他回来了，曾让莱拉绝望的爱情回来了！

“妈妈交了一个新朋友。”察尔迈伊在那天晚上说：“一个男人。”

拉希德抬起头：“真的吗？”

“他是一个瘸子。”察尔迈伊说。

“你骗了我。你对我撒谎，”莱拉咬牙切齿地说，“你请那个人坐在我对面……你知道如果我以为他还活着，我就会离开。”

“难道你就没有对我撒谎？”拉希德咆哮起来，“你真以为我什么都不知道？你生的那个‘哈拉米’？”拉希德挥起皮带，打得莱拉鲜血直流。

莱拉揭穿了拉希德多年前的一个阴谋，而同时拉希德也撕破了莱拉多年前的一个秘密。莱拉之所以会同意和拉希德的婚事，是因为她当时已经怀了塔里克的孩子。她是为了塔里克的孩子才嫁给了拉希德，为了守护爱情的结晶，莱拉赌下了自己的未来。

拉希德和莱拉——摔倒在地上，相互扭打，拉希德双手扼住莱拉的脖子。莱拉的脸色已经变紫，翻着白眼。

在生死攸关之际，玛丽雅姆勇敢地举起铁锹，断送了拉希德的生命。

玛丽雅姆对莱拉说：“我杀了我们的丈夫。我夺走了你儿子的父亲。我不该逃跑，我不能逃跑。就算他们抓不到我，我也永远逃不过你儿子的悲哀。我如何能面对他？亲爱的莱拉，我如何能够鼓起勇气来看他？你们走吧。”

莱拉握着孩子的手，沿着街道走下去，莱拉回头看，见到玛丽雅姆站在门口。一些灰白的头发散落在她额前，几缕阳光洒落在她的脸庞和肩膀上。玛丽雅姆依依不舍地挥了挥手。

转过拐角，莱拉从此再也没有见到玛丽雅姆。

玛丽雅姆为了保护莱拉，举起铁锹打死了拉希德。为了保护孩子，玛丽雅姆甘愿沦为阶下囚。莱拉和孩子，使玛丽雅姆看到了希望，成全了玛丽雅姆对幸福生活的向往，也因为他们而毁灭。

她自愿为他们而毁灭，她是幸福的，因为这体现了她的价值。玛丽雅姆是一个得到了爱，也付出了爱的女人。

Step 6

玛丽雅姆在监狱待了十天。在最后一天晚上，她做了一些并不连贯的梦。

她梦见扎里勒又变得年轻了，脸上挂着胜利的微笑，开着那辆闪亮的轿车来接走他的女儿；娜娜站在泥屋的门口，用听起来微弱而遥远的声音呼唤她回家吃晚饭；而她则在一片凉爽的杂草丛中玩耍。

当她走过人生最后这二十步的路程时，忍不住希望自己能活得久一点。她希望能够再次看见莱拉，希望听到她爽朗的笑声，在星光点点的夜空下，再次和她坐下来喝一壶茶，吃几块饼干。

透过布卡的面罩，玛丽雅姆看见了那人举起冲锋枪的影子。在这最后一刻，玛丽雅姆燃起了这么多希望。然而，当她闭上双眼，她心中再也没有懊悔，而是充满了一阵安宁的感觉。

“跪下。”那个人说。玛丽雅姆最后一次听从了别人的命令，满怀欣慰地离开了这个世界。

如果能得到别人的爱，是幸运的；那么敢于付出自己的爱，就是伟大的。玛丽雅姆就是这么一个伟大的女人。

一年前，只要能离开喀布尔，莱拉愿意付出一只手的代价。但过去几个月来，她发现自己开始怀念那座童年的城市。

玛丽雅姆的邻居哈姆萨，交给莱拉一个盒子。

“大约在扎里勒去世之前一个月，他把这个交给我父亲，”哈姆萨说，“他要我父亲为玛丽雅姆保管它，我父亲保管了两年，然后，就在他去世之前，他把它交给我，要我替玛丽雅姆保存它。但她……你知道的，她没有来。”

盒子里有三件东西：一个信封，一个牛皮袋，一盘录像带。莱拉打开那个信封，里面是一封手写的信，它写着：

亲爱的玛丽雅姆：

我希望你收到这封信的时候身体健康。

正如你知道的，上个月我去喀布尔，本想找你谈谈。但你不愿意见我。我十分失望，却不忍责怪你。

我在很久之前就失去了让你好好对待我的资格，因此，我只能埋怨自己。

你还记得所有那些我们一起钓鱼的日子吗？你是一个乖女儿，亲爱的玛丽雅姆，每当想起你，我总是感到羞愧和后悔。我后悔没有在你来赫拉特那天和你见面，我后悔没有打开门让你进来，我后悔没有把你当女儿看待，让你在那个地方住了那么多年。而这都是为什么呢？害怕失去面子？害怕玷污我所谓的好名声？

时至今日，在这场该死的战争让我失去这么多亲人、见识了这么多可怕的事情之后，所有这些对我来说是多么微不足道。但是现在，一切当然已经太迟了。也许这就是对无情无义的人的惩罚，让他等到一切都无可挽回的时候才恍然大悟。

我所有的商店被充公了。从喀布尔回来之后，我设法卖掉了剩下的一点土地。我给你奉上了一份属于你的遗产，你能够看到那并没有多少钱，但那是一番心意，它是一番心意。

亲爱的玛丽雅姆，我斗胆容许自己希望，在你看了这封信之后，我希望你能真心来看看你的父亲。希望你将会再一次敲响我的家门，我的女儿，给我一个机会做那些多年前就应该做的事：为你开门、迎接你、把你抱在怀里。

这个希望和我的心脏一样微弱。这一点我知道。但我将会一直等待。我将会一直等着听见你的敲门声，我将会一直希望着。

你的不称职的父亲扎里勒

遗憾的是，扎里勒在临死前，也没能等到女儿再次敲响家门。

一种“父亲遗弃了女儿，而又感到被女儿遗弃”的悲哀跃然纸上，真实反映了处于忏悔中的父亲真实的心路历程。

莱拉发现回到喀布尔这座城市已经变了。现在她每天都能看到人们在种树苗、粉刷旧房子、搬砖头、盖新房子，莱拉第一次听见音乐在喀布尔的街头响起。

莱拉仍会梦到玛丽雅姆，仍会时不时地想起她。莱拉听从了玛丽雅姆的召唤，她抛弃了仇恨，投身到战后重建的工作中去。

每一个镌刻着爱与善意的灵魂，都会成为我们生命中的摆渡人。对于莱拉来说，玛丽雅姆无疑就是她生命中的摆渡人。她就住在莱拉的心中，在那儿，她发出一千个太阳般灿烂的光芒。

Step 7

打开《灿烂千阳》这本书，踏入阿富汗这个硝烟弥漫的国度，你会结识到娜娜、玛丽雅姆、法丽芭和莱拉这四位阿富汗女性。越是靠近她们，越为她们的命运哀叹。

娜娜，一个具有偏激人生观的卑微用人，和富豪男主人扎里勒相爱了，怀孕后被轰出门外，居住在偏僻的泥屋内。她的父亲只觉得面上无光，和娜娜断绝了关系，从此杳无音讯。

受到这种不公平待遇，娜娜怪罪自己的父亲是个懦夫，没有胆量把刀子磨利去为她拼命。她更憎恨扎里勒，没有为自己做的事承担责任。

对亲情和爱情都绝望的娜娜，在这种不平等待遇下，只能隐忍，渐渐形成了一套自成体系的偏激人生观法典：有钱人总喜欢说谎。就像指南针总是指向北方一样，男人怪罪的手指总是指向女人。

玛丽雅姆，一位付出了爱也得到了爱的女人。她是作者花费最大心血的女主角。从她的出生，童年，一直写到她的死亡。她惨得彻底、忍得彻底、勇得彻底、爱得彻底，最终形成一位最立体的人物。

惨得彻底：她进入这个社会的身份是一个低贱的乡下人所生的“哈拉米”，这个出身就决定着她的人生会自带一丝悲剧色彩。

忍得彻底：一张自认命苦、忍辱负重、隐藏着无尽悲哀的脸庞。

这么多年来，玛丽雅姆已经学会了横下一条心，忍受拉希德的轻蔑和责骂，他的嘲弄和斥责。

勇得彻底：当阿希德准备杀死莱拉时，玛丽雅姆高高举起了铁锹，使尽了浑身力气，拼命砸下去。再也无法忍受的玛丽雅姆彻底爆发了，这是她第一次决定自己生活的轨迹。

爱得彻底：莱拉的女儿阿兹莎是玛丽雅姆的眼睛之光，心灵之王。也许因为两人都曾在童年有一个共同的名字“哈拉米”，她们竟然奇迹般地一见倾心。

法丽芭，爱屋及乌的“圣战”拥护者，也是莱拉的母亲。两个儿子是为了国家殉难了，法丽芭想到了自杀，但她却悲伤地活着，只为一个信念：亲眼看到阿富汗解放的那一天。

莱拉，智慧、勇气和希望集于一身的现代女性。她是作者心目中最理想的女性化身，也是作者最钟爱的角色。

智慧：当她意识到自己怀了塔里克的孩子后，为了让肚子里的孩子能活下去，为了不让拉希德觉察，必须要尽快马上答应拉希德的婚事；新婚之夜，她让手指的血滴在被单上，假装处女；趁拉希德睡觉或上厕所时偷偷拿钱，每个星期一次，在心里设计着她们的逃跑计划。那时的莱拉才十四岁，她的这些计谋就在那个六十岁的男人身旁悄悄地上演着，而那个男人却未能察觉。

勇气：当第一次看到玛丽雅姆被拉希德毒打，莱拉扑了过去。将逃跑计划果断勇敢地付之于行动，虽然由于陌生男人的告发而失败了，但却让我们发现了她那颗埋藏于内心深处，敢于反抗的勇气的种子。

希望：当莱拉重返喀布尔后，她决定不让怨恨冲昏头脑，抛开一切新仇旧恨。因为她终于知道那是她唯一能够做到的事，她只能带着希望活下去。为了让父母能通过她的眼睛看到这一切，为了她自己，为了塔里克，为了两个孩子，也为了玛丽雅姆。

莱拉眨了眨湿漉漉的眼睛，喀布尔在等待他们，需要他们，回家是正确的选择。故事就这样在莱拉的希望中结束了。

胡赛尼的《灿烂千阳》展示了最残酷的故事情节，也让我们看到最美的人性，在悲惨的阅读过程中，带给人一个含着眼泪微笑的结局。

这部小说带给我们的感动和信仰，正如作者胡赛尼所说的那样，尽管生命充满苦痛与辛酸，但每一段悲痛的情节中都让人见到希望的阳光。

Chapter 4

醒来的女性·一部女性自我觉醒的心灵史

『我们不只是别人的另一半，我们还是我们自己。』

有一天，女人或许可以用她的“强”去爱，而不是用她的“弱”去爱，不是逃避自我，而是找到自我，不是自我舍弃，而是自我肯定。那时，爱情对她和对他将一样，将变成生活的源泉，而非致命的危险。

Step 1

《醒来的女性》是一部带有自传性质的小说，因此我们有必要简单了解一下作者玛丽莲 · 弗伦奇的人生经历。

1929 年，玛丽莲出生在美国布鲁克林的一个普通家庭。父亲是位工程师，母亲在百货商店当店员，谁也没想到这个孩子无意经商，也对理工科没多大兴趣，而是迷上了文学和写作。

十岁时，玛丽莲就开始创作诗歌和短篇小说。她酷爱童话故事也深读经典文学，因此在她的作品中，常常会提到莎士比亚、伍尔夫、乔伊斯这些殿堂级作家，并对经典之作加以评论。

二十一岁时，聪敏的玛丽莲没等大学毕业就结了婚。家务、带娃是她的任务，此外，她还得兼职打工供丈夫读完法学院的课程。

同一时代的法国女作家波伏娃及其代表作《第二性》给了玛丽莲很多启示。

波伏娃的那句“她的双翼已被剪掉，人们却在叹息她不会飞翔”让玛丽莲不禁开始审视自己的生活。她不甘于被框在主妇角色里丢失自我的价值，于是她不仅修完了哲学与英语文学本科课程，还拿下了英语硕士学位，最终成了女博士。

在玛丽莲心里，作家梦一直存在，她渴望自己如伍尔夫所说，“有一间自己的屋子和五百英镑的年收入”，以此能如愿专心写作。可丈夫却反对她在写作上“浪费时间”，三十八岁时，玛丽莲和丈夫离了婚。

1977年，玛丽莲的作品《醒来的女性》出版。离婚十年后，这个四十八岁的女人终于被人称为作家。

后来，玛丽莲还写了《滴血的心》《与妇女为敌》等作品，其主题无一不是反映女性生活、关照女性内心世界。

玛丽莲的写作坚持为女性权益发声，一方面这源于她自己的经历，另一方面也跟她的女儿被强奸这一痛心事实有关。

在本书中我们将看到男权社会中女性如何被置于弱势地位。

作为一名女性，玛丽莲自觉追求女性主义写作，其作品具有女性文学的鲜明特点。

虽然书中的一些激进观点颇受争议，但正因为其“离经叛道”才让女性开始深入思考，我们究竟是谁？这一生该怎么活？

本书的英文原名为*The Women's Room*，直译为女士洗手间，不过这里也暗含双关意，即关在房间里的女人。

书里的女人们面目不同，可都有统一的身份——某人的太太，在屋子里奉献人生的主妇。

主流价值观教导女性嫁个好男人，当个好太太。即便她读过大学受过高等教育，也难以独立，职场并不欢迎女性。

更糟的是，女性连行动的自由都没有，要是一个女孩没人陪着去酒吧，男人就理所当然认为她愿意和任何人上床。

无论家境富裕或者贫困，到了一定年纪，女孩都成了关在屋子里的女人。

不管女人喜不喜欢做家务，想不想生孩子，都得服从“天命”。

主人公米拉生存在这样的世界，她也曾被关在屋子里，因为丈夫的背叛，她试图自杀以结束痛苦。

以幸存者的身份活下来，中年的米拉选择了另一种活法。

捡起自己的理想，寄身于学术，结交到几位志同道合同样受过伤的女性朋友，也有幸邂逅灵魂伴侣式的恋人……

假如故事在这里结束，便是近乎“大欢喜”的结局，可现实哪能这般轻易美满，玛丽莲把残酷的真相揭开给世人看。

在希腊语中，“真相”的反义词不是“谎言”，而是“遗忘”。

这个以真相构成的故事，是为了告诉女性一生不能忘记自尊、自强。

在开始阅读本书之前，我们可以先思考以下几个问题：

1. 当我们谈论男女平等的时候，究竟在谈论女性的哪些权利？

2. 太太、母亲的角色是社会对女性的期待，还是女性的自主选择？

3. 女人结了婚是否就意味着只能做家庭主妇而放弃自我？

4. 你在生活中遭遇过性别歧视吗？

5. 如果你已人到中年，敢于不顾丈夫的反对去追寻自己的梦想吗？

Step 2

幼时的米拉是个特立独行的孩子，夏天她喜欢脱光衣服去糖果店，母亲沃德太太不得不把她拴起来。困在那一方小天地里，米拉渐渐变得闷闷不乐又羞怯。

十二岁时，米拉开始思考自我意识与他人意愿之间的关系。她相信自己真心想要爱人和被爱、想做个乖孩子，得到父母和老师的支持，但她就是做不到。因为牺牲“自我”去做顺从的乖孩子会让她感到窒息，于是她决定做个我行我素的孩子。

十五岁，月经初潮。通过阅读文学书籍，米拉发现所谓高雅的女性形象都是纯洁的，像简·爱一样至少在结婚前是处女之身，反之，这个女人就会被认为堕落、污浊。那么究竟性为何物？思来想去，米拉断定，羞耻的是性本身。

十八岁时，米拉进了一所当地大学。随着她的身体越发成熟，总是有男孩子们围着她转，想逗乐她，而米拉只是像看马戏表演一般保持沉默或微笑。

在米拉眼中，只有一个叫兰尼的男孩算是不凡，他有自在的灵魂，充满快乐、自信和古怪的念头，而米拉钦慕这样的人。

兰尼时常邀约米拉出去，和一伙朋友寻欢作乐。少数几次兰尼送米拉回家时，米拉接受兰尼的拥抱和亲吻，但总会在要越界时抽身而退。

兰尼保证假如怀孕就会和米拉结婚，而这正是米拉不想冒险的原因。

兰尼无法理解米拉，骂她引诱了自己却不肯让他得手。而周围不相干的人认定米拉已经不洁，指责她是荡妇。连经过身边的路人都要对她指手画脚。被男权世界围攻，米拉痛苦又矛盾。

她很清楚，自己的选择就在性和独立之间，怀孕意味着依赖，向男性臣服。

可米拉想要独立的生活，这就得舍弃性。米拉无法选择，她试图缩回自己的内心世界寻求安慰，然而接下来发生的事彻底打败了她。

很久没联系后，兰尼突然打电话约米拉出去。他把她带到了一个大学生俱乐部，丢进人群中。米拉意识到兰尼是故意冷落她，愤怒之下，她却装作开心的样子，和朋友比夫等人喝酒、唱歌。

越唱越亢奋，米拉开始和周围列队似的男孩们一一跳舞，而偌大的舞池里只有她一个女孩。一曲结束，比夫建议米拉离开，他扶着摇摇晃晃的米拉进了兰尼的卧室。

米拉刚睡着就被吵闹声、叫喊声、摔门声和争吵声惊醒。兰尼闯进来骂她贱人，比夫吞吞吐吐说自己把门外的小伙子都打跑了。直到第三天，清醒过来的米拉才明白发生了什么。

别的女孩也会在酒吧跳舞，但她显然是一个人去的，因为她未标明是属于某个男人的财产，所以就成了任何男人都可以进攻——甚至一起进攻的荡妇。

回想那个夜晚，要是当时比夫不在场，无法预料那些男孩是否会强奸她。生活在这样一个世界，米拉无法独善其身，要么结婚，要么进修道院。

学年末，她遇到了温和聪明的诺姆，于是米拉带着进修道院般的决然选择了婚姻。

诺姆还是个医学院的穷学生，为了生存，夫妻一方总得有人挣钱养家。米拉离开学校，找了一份打字员的工作，微薄的薪水勉强维持着生活。

日复一日，百无聊赖，她朝着所谓的成熟前进，而自由这个词从她的字典里消失了。有一天，她向诺姆提起，想回学校读博士，然后去教书。诺姆大吃一惊，以那里有很多男孩子为由压制了她的念头。

紧接着，更大的压力来了，米拉怀孕了。

得知米拉怀孕后诺姆的第一反应不是欣喜，而是责怪她，“你毁了我的人生”。甚至质疑这个孩子不是自己的。

这些话给米拉沉重一击。她曾和诺姆说起过她对性的恐惧，对男性的恐惧，以为他能理解，是值得信任的绅士，和那些野蛮人不一样，可现在看来，他和别的男人没什么区别。

如果是这样，便没有了希望，在米拉看来活在这样的世界和死了没有什么区别。

即便她没有选择死亡，但是从那天起，她就已经变成了另外一个人。

Step 3

经过疼痛的分娩，米拉产下一子，一年半后又生了二胎。此后的几年，脏碗筷和婴儿尿布成了米拉生活的主旋律。

1955 年，诺姆从医学院毕业进了一个诊所工作，起码有了稳定收入，和父母借了点钱，他们在郊区买了一套两室一厅的小房子。

搬家后，米拉的生活轻松了不少，也有了自己的社交生活。

同一个街区的女人们都乐于交朋友，一开始，只是几个主妇聚在一起闲聊。后来随着物质条件的改善，热闹的派对兴起了。

人们在舞会上交换着舞伴，几乎每个人都与别人暗暗调情。米拉也参与派对，不过很多时候只是坐在沙发上看书，或是作为旁观者观察经常参加派对的夫妻们。

据米拉所知，每对夫妻都是不同的，相似的是每段婚姻都有不幸福的地方。

首先是娜塔莉和汉普这一对。富家女娜塔莉生了三个孩子，不过她并不喜欢和孩子们待在一起，也不喜欢做饭，只喜欢装饰墙纸。丈夫汉普在娜塔莉父亲的公司做一名非重要高层，性格温和。娜塔莉对汉普不满，是因为孩子出生后他们就不再上床了。

委屈又无奈的娜塔莉，在某次派对上引着保罗进了家门。

接下来要说说保罗和他的妻子阿黛尔。

阿黛尔曾是一名律法秘书，陷入爱情时嫁给了名不见经传的小律师保罗。婚后，阿黛尔陆续生了五个孩子，保罗坚持不避孕，结果阿黛尔又怀上了第六胎。对她而言，没完没了的家务劳动几乎耗尽了她的全部精力，她顾不上享受生活，也没有注意到保罗究竟对哪个女人“情有独钟”。

当娜塔莉坦言自己和保罗的事时，米拉对这种通奸行为感到震惊和困惑，她想不明白婚姻竟靠欺骗来维持。这是真实世界的样子，却和她所坚持的原则背道而驰。

尽管无法认同，可事关一个女人的名誉，米拉没有把娜塔莉的事“八卦”出去，然而她没想到，自己却被卷入了娜塔莉的是非中。

娜塔莉在汉普的公文包里翻出了一个文件夹，里面有汉普写的“色情”故事，还有几封称谓为“我可爱的孩子米拉”的信。

不久，娜塔莉搬走了。派对仍在举办，有新人加入，依旧热闹，米拉对此越发厌倦，她想退回到自己的世界中去。

在他人眼里，沉默读书的米拉不但不合群，且她还时常谈论女性权利，简直就是异类。这一点，在接下来发生的一件事情中被利用放大，导致米拉彻底被主妇们孤立。

某次派对上，米拉恰巧撞见布利斯和保罗两人亲密交谈。布利斯向米拉和盘托出，最近她确实在和保罗约会。

要说这群女人里，米拉最喜欢的就是布利斯。她上过大学，某些时候能和米拉聊些孩子、家务以外的话。布利斯知道米拉不会伤害她，可问题在于米拉太讲原则了。她担心米拉会公之于众，那样她就要付出惨痛的代价。

她与处处留情的保罗在一起，满足了欲望，可她绝不想因为婚外情而离婚。为了自己的利益，布利斯需要一个替罪羊。

与保罗密谋后，构陷米拉的计划悄无声息地进行。

保罗故意让妻子阿黛尔看见自己深情望着米拉的家，当阿黛尔向布利斯询问米拉的情况时，布利斯给予诱导性回答。再加上在一次派对上，保罗不顾米拉拒绝一次又一次邀请她跳舞。

这番景象足以促成流言，阿黛尔认定米拉是勾引她老公的“婊子”。“牺牲品”米拉没有怨恨任何人，她选择去理解，在孤独中麻木。

正是因为和这些性格各异的女人交往，米拉逐渐意识到她对男女关系的看法“另类”，而那些看似平静的婚姻下是压抑和欲望的博弈。

1960 年，家里的经济条件大为改善，搬离原来的社区，离开了那些表面光鲜背地里钩心斗角的人。

Step 4

一家四口挤在小公寓过了好几年，如今能住上有四个浴室的大房子，算是苦尽甘来，可米拉并不快乐。

每天早晨伺候家人吃完早饭，接着开车送孩子们去校车站。独自返回家打开门的那一刻，是米拉一天中最难熬的时候。

她觉得这个家的其他三个人都过着自己的生活，而她只是一个没有工资的保姆。可是和她新认识的女朋友们比起来，她似乎没有抱怨的资格。

首先是莉莉的生活。

她出生于一个旧式意大利家庭，父亲不但对妻子拳打脚踢，家暴孩子也是常事。嫁给性格克制的卡尔，莉莉看似摆脱了残暴的父亲，却又被冷暴力伤害。

当莉莉怀上第一胎时，卡尔逼着莉莉打胎，因为莉莉如果辞去工作，那他就没额外的钱和朋友们打扑克牌了。后来，倔强的莉莉还是生了两个孩子，以抱怨来应对卡尔的冷待。

年复一年，抱怨没有使情况好转。而发生在儿子卡洛斯身上的事，彻底打破了莉莉对生活的信念。

这个六岁的孩子在家时烦躁易怒，对外时胆小无力，被几个孩子霸凌险些丧命。卡洛斯的哭嚎声把莉莉逼进恐惧和暴力纠缠的死胡同。卡尔认为莉莉疯了，把她送进了精神病院。

让我们再来看看另一个女人玛莎的生活。她是圈子里第一个勇敢脱离家务包围的女人。

过了三十岁，玛莎突然想回学校修法学学位。就算别人冷嘲热讽，说没有人会聘用一个中年女人做律师，可她还是按自己的想法去做了。

走出家门，玛莎整个人的状态焕然一新，自信迷人，连比她年纪小的法语老师大卫都主动提出要和她约会。

玛莎虽然了解到大卫是有妇之夫，可她太喜欢大卫了，于是她就这样开启了婚外情。玛莎的丈夫乔治知道此事，并没有阻止，毕竟他和秘书的事玛莎也知晓。

他们并不想离婚，可问题是大卫的占有欲太强了，他逼着玛莎做抉择，并保证自己也会和妻子离婚。

玛莎同意了大卫的要求，和乔治分开了。

离婚之后，玛莎得忍受苦日子，因为乔治给不了她多少赡养费，不过她还是过得挺开心，相信马上会和大卫过上幸福的生活。然而大卫确实和玛莎住在一起了，但并没有和妻子离婚。

与朋友们所处的混乱不堪的世界相比，米拉的家整洁、闪亮，可只有她自己心知肚明，看似整洁宽敞的家其实是一个狭小、令人烦恼的空间。

首先，诺姆限制她的交际圈。诺姆觉得莉莉那群人太粗鲁，不允许米拉见他们。尽管她是一个三十二岁的成年女性，可也得像个孩子似的需要得到别人的许可，怎么会不郁闷？

更让米拉难以忍受的是作为家庭一员，她竟然不具备金钱支配权。

米拉的朋友萨曼莎遭遇经济困境，她的丈夫不肯工作还欠了大量外债，而萨曼莎微薄的薪水不足以应付生活。更糟的是如果拿不出三百美元还房贷，她和孩子们就得睡大街。

米拉认为三百美元不算多，不过是诺姆在高尔夫俱乐部一个月的花费而已。

她希望借钱给萨曼莎，没想到诺姆是这样说的，“你并没有为这个家贡献钱”，态度强硬地拒绝了米拉。

后来，米拉不顾反对签了支票给萨曼莎，诺姆也没有再提过此事。

并没有因此发生争吵，日子还是风平浪静。可米拉知道，自己已经随愤怒被连根拔起，痛哭流涕和借酒消愁都无济于事。

一个平常的日子，经常不回家的诺姆突然对米拉说他要离婚。

Step 5

诺姆爱上了别的女人。得知事实的米拉很难过，她牺牲了部分自我而成全的婚姻，最终还是被辜负了。

米拉同意离婚并和诺姆要了一大笔钱，重新获得了自由。在玛莎的建议下，米拉重回校园，补上了本科学位。1968 年，米拉决定去哈佛读研究生。

走进哈佛，情况并不乐观。

米拉已经三十八岁了，看起来是一个穿着守旧的郊区妇人，而穿梭在剑桥城里的大部分都是奇装异服的年轻人，这使得米拉像个格格不入的外国人。

校方也存在歧视女性的做法，不欢迎女性任教，不允许女性从前门进入图书馆。而对于米拉这样的大龄女学生，男教授也没有心思教导，以忽略不计的态度处之。

初入哈佛的几个星期米拉难以适应，幸而不久后，她在这没有归属感的地方遇见几个抱团取暖的女性。

某天，米拉受红头发女孩凯拉的主动邀约，第一次来到雷曼餐厅。这里聚集着一群人，他们谈论政治与社会问题，男人可以发言，女性也可以反驳辩论。

在人群中，米拉注意到了绿眼睛的伊索和说话大声的瓦尔，她们三人组成了倾诉与聆听小团体。

女性之间的亲近与信任往往从讲述伤心史开始。

米拉分享了自己的经历，同时也在别人的故事里重新认识自己和外界。

伊索曾被未婚夫强奸，所以这辈子都不会再爱上男人。她把爱给了艾娃，一个喜欢舞蹈的羞怯女孩。可这种关系也不牢靠，当艾娃决定去纽约的舞团发展时，伊索便再次被孤独和伤心包围。

与温柔的伊索不同，瓦尔嗓门大，个子高，是个强势的女性。

她对事物有独到的看法，能把自己的经历总结为一种犀利的观点，表达方式直白露骨。

米拉有时并不喜欢瓦尔的极端，可又不得不承认她的那些观点像炸弹一般，炸开她的新认知。

比如，瓦尔会公然谈论性，说人类希望从中得到极乐，可那只是片刻欢愉而已，所以她自己也并无多求。

瓦尔离婚后带着女儿克丽丝一起生活，她并不寂寞也不焦虑。有时候她把交往的男人带回家里，女儿并不介意，母女之间的相处模式更像朋友，什么都能谈，有争论也无妨。

这让米拉想起了自己的两个儿子，她已经很久没见过他们了。

两个儿子都长得像丈夫，这让米拉十分心烦，所以离婚时她狠心把他们推给了诺姆。如今，米拉想与这两个孩子重新建立起情感联系并不容易。

两个孩子受父母离异影响，不像以前开朗，成绩也有所下降。他们称米拉为“夫人”，客气而疏远，宁愿守着电视机，也没有要和米拉聊的话题。

米拉询问孩子们对父母离婚的感受时，他们回答“还好”，问什么都是这样冷淡的答案。

米拉盯着他们忍不住哭了，她想从自己孩子身上寻求慰藉和关心，可他们似乎不明白发生了什么。

亲情不暖，也许可以试试爱情。

米拉不曾料到在三十八岁时又有了怦然心动的相遇。

跟随瓦尔参与和平组织活动时，米拉看见了小自己六岁的本，一个有魅力、有才华、为人正派的男人。

米拉被他迷住了，而本却没有注意到米拉的悸动。幸亏有瓦尔出面相助，邀请本来家中聚会，米拉才有机会在本面前畅所欲言，散发吸引力。

派对结束，本跟着米拉回家了。两人紧密相拥，身体和情感一样激情澎湃。米拉体验了前所未有的性爱，人到中年的她算是打开了一个新世界的大门。

Step 6

米拉和本成了恋人，过起了美好的同居生活。他们在一起，既亲密，又自然，既可靠，又自由。

独处时，各自专注于工作，互不干扰；周末时，两个人一起做饭、散步，身体和心灵的对话也很和谐。米拉有信心把这种理想的亲密关系保持下去，至少最初是这样。

到了暑假，米拉一想到两个孩子月底要来，就想把本推开，她担心自己的孩子不能接受本。

好在诺米与克拉克能体谅米拉的感情，并没有提出反对意见。得到了“认可”，米拉邀请本和孩子们见面。看着本与两个儿子和睦共处，米拉在那一刻很希望让时间停止，保存下这近似圆满的快乐。

不久，本提出想和米拉结婚，确切的说法是，“我想要和你生孩子，想要一个自己的孩子”。

米拉没有回答。尽管她深爱本，但如今的米拉已经不愿轻易因他人而改变。本没有急着要答案，但答案已经不言而喻。

如果说米拉的难题在于是否为自己坚持某种生活方式，任由自我意识在内心悄然发声，那么向来直白的瓦尔则是选择大声抗议，反抗一切不公。

她的女儿克丽丝在大学被强奸了。瓦尔赶到女儿身旁，想尽全力保护和支撑克丽丝，可她没想到男权社会的法律体系对女性受害者竟毫无公正可言。

几位律师都建议撤诉，因为那个男孩坚称克丽丝是自愿的，而且克丽丝身上没有明显严重的伤痕。庭审草草结束，那个施暴的男孩只因殴打罪被判六个月监禁。

一个母亲斗不过社会不公的法则，她还能为受伤的孩子做些什么呢?

瓦尔想到曾住过的一个公共农场，那是个亲近自然、平静的地方，那里也有个被强奸过的女人，她能够理解克丽丝的感受。

瓦尔决定把克丽丝送过去。然而在克丽丝看来这是背叛，在她最需要的时候，母亲瓦尔却想摆脱她。她为此怨恨瓦尔，并发誓永不原谅。

痛苦和愤怒彻底改变了瓦尔。她不和女性朋友们联系，直到米拉主动去找她，才发现那次见面竟是告别。

瓦尔直言从此会把男人当成敌人，她还加入了一个激进的女权组织。她不再去考虑学位论文这种个人的事了，今后将全力献身于对全体女性同胞的爱。

每个人都要做出自己的选择，主动或者被迫。生活在推着你往前走的同时也在不断验证过去的选择，并迫使你坚持或者修正。

与朋友们的不幸与混乱相比，米拉的情况一度安定、幸运。

她的毕业论文准备得很顺利，与本也相亲相爱，然而当本得到一份去非洲工作的机会时，潜藏的矛盾就暴露了出来。

本想当然以为米拉会跟着他去非洲，米拉却想留下来做研究、教书。

俩人试着协商，但根本的问题在于孩子，本认为他们即将结婚生子，米拉不得不坦言，“我不想要孩子”。

她很爱本，可她已经四十岁了，再也不想为养育孩子而放弃自己喜欢做的事。

本理解不了米拉的想法，为她的自私而生气。米拉则在自我矛盾中挣扎，一边是今生最后抓住美好爱情的机会，另一边是她想坚持自己的愿望。

后来，本去了非洲。在非洲待了一年后回到美国，娶了一位可以相夫教子的女人。

后来，凯拉和克拉丽莎都不再焦虑，过得充实、满足，她们一个通过司法考试做了律师助理，一个投身于电视节目制作。

后来，低期望值的伊索与一个离婚的女出租车司机暂时一同生活。

后来，米拉在一所社区大学教书，每天去海边散步，每晚喝白兰地。

身边无人相伴，陪伴她的是孤独。

后来又后来，米拉怎么样了呢？可以确定的是，她已经醒来了。

Step 7

《醒来的女性》以“我”的视角将一个孤独的中年女性形象推至眼前，我们不禁疑惑，她是谁？

作者玛丽莲秉持冷静的语调，让“我”与米拉之间保持距离，“我”更像一个观察者，一个理解米拉秘密与痛苦的朋友。

只有当我们读到最后才恍然大悟，她们共享一副身躯，米拉是“我”的前半生，而历经生活洗礼的“我”已经成长为一位醒来的女性。

前半生的米拉，是一个自我意识受男权压制、被社会规则“塑造”出来的女人。幼时，光着身子跑去糖果店，母亲用一根绳子“驯化”她；青春期，男友引诱她上床不成，冷暴力“制裁”她；差一点，一群男孩利用无主之女的规则撕裂她；结了婚，丈夫对待她的方式等同于将她关进修道院；做了母亲，周围的女性向她传递这样的信息——做好家务，抓住男人。

一直以来，外界和他人教导米拉怎么做好妻子，丈夫承认她是位好母亲，米拉自己也一度以为善于服务就是女人的职责。

直到丈夫诺姆提出离婚，一下子戳穿十四年婚姻的假象，米拉才从幻梦中惊醒。“人妻”不过是一件角色戏服罢了，况且这也不是她自己心甘情愿的选择。

离婚是袭向米拉的一记重拳，同时也是她走向自由的起点。

作者在书中并没有隐瞒女性的脆弱，米拉不是所谓的女超人，也并不是圆满的人生赢家，觉醒后孤独仍然一如冬日海水般寒凉，不同的是，她不再为谁而放弃自我。

米拉的经历并不是作者玛丽莲烹制的“毒鸡汤”，本书没有宣扬独身比婚姻更好，而是提醒天下女性，不管何时别丢了自己的决定权。

假如全书只是围绕米拉一个人叙述，便会显得视野局限，因此玛丽莲同时描写了多位女性的生活，多角度呈现女性所面对的困境。

书中出现的女性大致可以分为两类：第一类是被男性支配的女人。娜塔莉和布利斯把精力用于与丈夫以外的男人周旋，从婚外恋的刺激中寻找存在感；阿黛尔成了行走的生育机器，被五个孩子弄得精疲力竭，却又无奈怀上第六胎。

即便婚姻令人窒息，她们也无法离婚或者反抗，因为社会传统指示她们，女人只能依附男人活着。

第二类是带着苦痛觉醒的女人。女性个体的反抗之路何其艰难在书中表现得淋漓尽致。

首先是莉莉，瘦弱的身体，有着钢铁一样的棱角。她抗争丈夫的冷暴力，却被送进了精神病院。那里是被遗弃女人的集中营，只要丈夫或男医生判定哪个女人疯了，她就永远逃不出去。

个性强悍的瓦尔曾试着按照自己的方式生活，然而发生在女儿身上的事件让她意识到，性别歧视是一把刀。在血淋淋的抗争路上，瓦尔最终成了街头牺牲者。

凯拉、克拉丽莎这几个稍年轻的女性，略为“幸运”，脱离了平庸主妇的角色束缚，从事自己喜欢的事业。但这样的幸运并非她们命好，而是与经济独立密不可分。

尽管当时的女性在职场仍处于边缘地位，但年轻、受过教育的女性可以找到一份合适且养得活自己的工作。如此一来，女性便不会惧怕离开男人。

故事的末尾，米拉没有让自己再度变成“金丝雀”，也是因为有底气不需依靠谁供养。

米拉为那些从社会规则中寻求解放的女性，提供了一个充满力量的故事。

孤独虽然疯狂，但总比关在屋子里强。

Chapter 5

名人传·一部奋斗不息的英雄交响曲

『为那些在苦难中挣扎和彷徨的人所写，是献给一切正在历难的心灵的福音。』

影响了一个多世纪的传世佳作，“人类有史以来的三十本好书”之一。一阕奋斗不息的英雄交响曲！贝多芬、米开朗琪罗和托尔斯泰三位伟大艺术家的传奇一生！

Step 1

人生最重要的两天就是你出生的那天和你明白自己为何出生的那天。一个生命的出生也就是一个世界的出生，任何个人，都是独一无二的世界。

1770 年 12 月 16 日，贝多芬出生在波恩的一个破阁楼上。父亲是个没有才华又爱酗酒的男高音歌手。母亲是个女仆，丧夫后改嫁给贝多芬的父亲。贝多芬的童年充满了艰辛与苦难。对于贝多芬来说，从一开始，人生就是一场悲壮的战斗。父亲努力地发掘他在音乐上的天赋，并将他当作神童一般炫耀。

四岁时，父亲就把他一连几个小时地钉在琴键上，或给他一把小提琴，逼着他练习。1787 年，十七岁的贝多芬失去了他最尊敬的母亲。没了母亲，他早早地成为一家之主，担负起对两个弟弟的教育责任。

尽管贝多芬的童年十分悲惨，可是每当他回忆起童年，那份悲凉的情感中仍有一份温馨。后来，即使身处大都市，也从未忘却莱茵河谷的故乡。

《七重奏》中以变奏曲形式出现的“行板”的主题就是一支莱茵地区的歌谣。《C 大调交响曲》也是一个描绘莱茵的作品，是青年人笑迎梦幻的诗篇。贝多芬的心永远牵系着这片土地，直到生命的最后一刻，他都梦想着能够再看它一眼。

失去听力，对于常人而言，是残酷的不幸；对音乐家贝多芬而言，则是惨痛的折磨。

1796至1800年，苦痛已经敲响了贝多芬的人生大门。贝多芬耳朵的重听现象越来越严重。耳朵里不停地嗡嗡作响，听力越来越差，内脏也让他痛苦不堪。1816年，他的听力彻底丧失。自1815年秋天起，他就只能用书信与别人进行沟通交流。

在1822年的一场演奏会上，贝多芬经历了致命的打击。他要求指挥排练，但此时的他已听不见舞台上的演奏了。他大大地减缓了乐曲的节奏，乐队跟随着他的指挥，可歌手们却都自顾自地向前赶。于是乎全乱了，最后，他不得不放弃指挥，狼狈不堪地退出现场。

两年后，贝多芬在参与指挥《第九交响曲》时，全场向他发出一片喝彩声，可是他丝毫听不见。直到一位女歌手拉住他的手，让他转向观众时，他才看到全场观众都激动得站了起来，挥舞着帽子，为他鼓掌喝彩。

他的耳朵，让他置身于死地，而他的才华和毅力又令他重生。因为，耳朵听到的旋律是美妙的，但是，听不到的旋律更美妙。只是，生死之间是凤凰永不停息的涅槃。

贝多芬是一个充满爱与热情的人。他的爱一直都是那么纯洁无邪。在他的心中，对爱情深信不疑，有着一丝不苟的看法。而这样一个人，似乎生来就要受爱情的欺骗，成为爱情的受害者。

1801年，令贝多芬倾心的对象是茱丽塔，他那支著名的《月光奏鸣曲》的乐曲题名就是献给她的。然而，这段看似美好的爱情使他真实地感受到自己是个残疾人，这让他很苦恼。1803年11

月，茱丽塔嫁给了一个伯爵。贝多芬彻底失去了她，这次创伤让他痛不欲生。

但所幸，贝多芬挺过来了。他于当年创作的《第二交响曲》透露出他的意志占了上风。一种无法抗御的力量把他的忧郁一扫而光，曲终涌起了沸腾的生命力量。

1806年，他与特蕾兹相爱并订了婚。美好的爱情所带来的幸福影响一直延续到1810年。靠着这种影响，贝多芬的才华结出了最完满的果实。他把那支富于梦幻和畅想的奏鸣曲题献给了心爱的特蕾兹，并附有一封没有标明日期的信，上面写着“致永远的爱人”。

然而，这种恬静的和平并没有持续多久，婚约就取消了。可是两个人似乎谁也没有忘记这段爱情。直到特蕾兹生命的最后时刻，她仍然深爱着贝多芬。而贝多芬也从未忘记她，他说：“每次想起她，我的心都像第一次遇见她时那样，怦怦直跳。”他写下了六支生动感人，深邃真切的乐曲献给她，名为《献给遥远的爱人》。

Step 2

维也纳，世界音乐之都，以古典主义音乐蜚声世界。它也是贝多芬的生命重镇。1792 年 11 月，战争蔓延到波恩，贝多芬无奈离开家乡前往音乐之都维也纳。在这里，贝多芬的才华大放异彩，成功登顶音乐殿堂。

但在一些人眼中，贝多芬是高傲的，举止粗俗，态度阴郁，说话时带有浓重的家乡口音，不易接近。贝多芬不畏王权、桀骜不驯的性格也让名流与之心生隔阂。

实际上，在这座轻佻浮华的城市里，像贝多芬这样傲岸而孤立、狂放不羁的天才，是不可能讨人喜欢的。贝多芬也从未放过任何可以离开它的机会。

但是，维也纳的确是一个充满音乐源泉的地方。维也纳所拥有的高雅的音乐鉴赏家，能够深感到贝多芬在音乐上的伟大，不愿因失去这样的音乐天才而使国家蒙受侮辱。

1814 年维也纳大会之后，社会风气发生了转变。原有的音乐氛围被意大利作风破坏，时尚则完全倾向于罗西尼，贝多芬被视为迂腐。贝多芬的朋友们和保护者，或散或亡。他将自己完全封闭起来，隔绝人群，唯有在大自然中寻得一丝慰藉。

贝多芬一生都在为生计发愁。1809 年，维也纳最富有的三位贵族，答应每年付给他四千弗洛令作为生活费，只要他同意留在奥地利。遗憾的是，这笔生活费并未足额提供给他，而且很快就停止发放了。

贝多芬被金钱弄得精疲力竭。他经常出不了门，因为鞋子上裂开了个口子。他欠出版商很多债，而他的作品又卖不上好价钱。每一支曲子都要花费他三个月的时间，可每支曲子只能勉强地为他换回三四十个杜加。

但贫穷不会磨灭一个人高贵的品质。即便深陷忧伤之中，贝多芬仍然歌颂欢乐。自 1793 年在波恩时起，他就考虑谱写《欢乐颂》，并作为他作品中的一部终曲。

在一部交响曲中引入合唱是有极大技术难度的，他做了大量的尝试。因此，他总是尽量延后引用人声的部分，甚至用乐器开头，把欢乐的主题全都交给器乐来演奏。

当欢乐的主题即将首次展现给世人时，乐队突然中止。一时间，寂静一片。这使引入的歌唱带有一种神秘、天堂般的气氛。欢乐从天而降，包裹于超自然的平静之中：它用轻柔的气息安抚着人间的痛苦。

当主题随后转入人声演唱时，首先出场的是低音部，一种带有严肃而压抑的情调。渐渐地，欢乐抓住了人的全身。这是一种征服，是对痛苦的战争。然后是进行曲的节奏，就像浩浩荡荡的大军行进一般。紧接着战斗的欢乐是宗教般的陶醉。随即又是神圣的狂欢，一种爱的疯狂。整个人类全都向苍穹伸开双臂，发出强烈的欢呼，把它紧紧地搂在怀中。

天才的作品终于征服了平庸的群众。他贫病交加，孤立无援，但他却是个胜利者：他战胜了人类的平庸，战胜了自己的命运，战胜了他的苦痛。“你要抛弃，抛弃生活中的庸俗与无聊，为了你的艺术——这个凌驾于一切之上的上帝！”

贝多芬，无数人惊叹于他伟大的艺术。而他又何止是音乐家中的第一人，他更是现代艺术最勇敢的力量。

当我们同道德中的善恶进行毫无效果却又无休止的争斗后，感到精疲力竭时，重新回到这片意志和信仰的海洋中浸泡一下，将获得妙不可言的慰藉和力量。他身上所散发的是一种勇气、一种斗争的幸福、一种感到与上帝同在的陶醉，深深地感染了我们。

贝多芬的一生就像是一个雷雨天。最初，是一个明媚清亮的早晨，仅有几丝无力的轻风。突然间，大片的乌云席卷而来，雷声悲吼，一阵阵狂风怒号，这就是《英雄交响曲》和《第五交响曲》。

但是1810年以后，心灵的平衡被打破了，光线变得怪异。欢乐的希望常常在雾气中浮现一两次之后，便完全消失，只有到了曲终才能在一阵狂飙之中重现。

随着夜幕的降临，雷雨也在聚集。随即，沉重的云蓄满了闪电，挟带着暴风雨，《第九交响曲》开始了。骤然间，在疾风暴雨之中，黑幕被撕裂了一道口子，夜被驱走，在意志力的作用下，白昼的明媚又还给了我们。

他以自己的苦难来铸就欢乐。他以一句豪言壮语浓缩了他的一生，并成为一切勇敢的心灵的箴言：“唯其痛苦，才有欢乐。”

Step 3

1475 年 3 月，米开朗琪罗出生于意大利佛罗伦萨的一个中产家庭。他的父亲是两个地区的最高行政长官，生来就是个脾气暴烈、烦躁、“害怕上帝的人”。

在他六岁时，母亲便去世了。进入学校的米开朗琪罗，只对素描颇感兴趣。十三岁时，他便进入佛罗伦萨最权威的画室当学徒。他最初的几件作品获得了极大的成功。他渴望从事一种更了不起的艺术。于是他转入一所雕塑学校。

年幼的米开朗琪罗置身于意大利文艺复兴的中心，他因这些人的思想而陶醉。米开朗琪罗的心灵充满了古代精神，于是他变成了一位古希腊雕塑家。

生活在意大利社会动荡的年代，颠沛流离的生活使米开朗琪罗对现实产生了怀疑。他将自己的思想倾注在艺术创作中，创造了一系列体格雄伟、坚强勇猛的英雄形象。《大卫》就是这种思想最杰出的代表。

文人相轻，自古而然。艺术家之间的派系之争也伴随着米开朗琪罗的一生。他和意大利画家达 · 芬奇、建筑师布拉曼特、画家拉斐尔等都是死对头，这种剑拔弩张的关系成就了他，也一度令他十分孤独、沮丧。

与天斗，与地斗，与人斗，这都是表层的。而与自己的斗争，才是最痛苦的。米开朗琪罗与自己的斗争从没停止过。

1505年3月，米开朗琪罗被教皇尤利乌斯二世召赴罗马。从此，他也就进入了一生中最英雄的时期。尤利乌斯二世与这位艺术家生来就有一种默契。

尤利乌斯二世想为自己建造一座能够与古罗马城相媲美的陵寝，米开朗琪罗为帝王的这种傲气所激动，精心设计和筹划。尤利乌斯二世的性格和米开朗琪罗一样，变化多端，一会儿一个主意。所以他又提出了一个计划，他想重建圣彼得大教堂。后来，教皇又想在博洛尼亚建一尊青铜巨雕。之后又命令他去做另一件意想不到、更加艰巨的任务——让这位对壁画技巧一窍不通的画家去绘制一幅西斯廷教堂的拱顶画。

这项艰巨的任务并未使他胆怯，反而让他有所突破。他决定不仅要像原定的那样画拱顶，而且四周的墙壁也要画上。西斯廷的任务完成了，尤利乌斯二世也去世了。

米开朗琪罗终于回到了佛罗伦萨，回到了他一心牵挂着的尤利乌斯二世的陵寝。在这段相对平静的时期，米开朗琪罗创作了最完美的作品，这是一个完全实现了激情与意志平衡的作品：《摩西》和《奴隶》。

之后，他被新教皇利奥十世盯上。利奥十世要米开朗琪罗修造佛罗伦萨的梅迪契家族教堂——圣·洛朗教堂的正门。而米开朗琪罗又不想放弃修建陵寝。事实上，要想兼顾这两项工作是不可能的，这成为他无尽的烦恼愁苦的源头。

开工后，他不但拒绝了所有合作者，而且任何事情都亲力亲为的性格，使他无法踏实地在佛罗伦萨做自己的事情，反而跑到卡拉雷去监督采石工作。

最后，教皇和梅迪契红衣主教眼见这么多宝贵的时间被白白浪费在采石场和泥泞的路上，开始不耐烦起来，最终取消了合同。

渴望自由的米开朗琪罗，终身处在从一个羁绊转换到另一个羁绊的过程中。

不久后，红衣主教尤利乌斯·德·梅迪契当上了教皇。从1520至1534年，这位新教皇成了他的主宰者。所幸，这位教皇一直对他爱护有加。米开朗琪罗受命建造梅迪契家族的小教堂和陵墓。

后来，他又被保罗三世看中，担任圣保罗大教堂的总建筑师、雕刻师和绘画师。直到他走到人生的最后一刻，都无法摆脱同嫉妒与仇恨的斗争。

被迫说谎，被迫奉承华洛利，被迫对乌尔班公爵大加歌颂。为此，米开朗琪罗感到痛苦不堪。他只好把心思全都放在工作上，把一切虚无狂乱统统发泄其中。事实上，他并非为梅迪契家族雕刻，而是在雕刻自己的绝望。

Step 4

1532 年，米开朗琪罗与坎瓦尼里相识。他带着狂热的激情一厢情愿地爱上了坎瓦尼里。坎瓦尼里是罗马的一个贵族，年轻，热爱艺术，似乎具有大卫那样的美，让米开朗琪罗迷恋不已。然而，他对坎瓦尼里的爱不是一般人所能理解的，这引起了种种流言。但坎瓦尼里对米开朗琪罗始终保持着感动而又谨慎的态度。直到米开朗琪罗临终时，他都忠诚于他，并为他送终。

坎瓦尼里被认为是唯一能影响米开朗琪罗的人。正因为有他，米开朗琪罗决心完成圣彼得大教堂圆顶的木制模型。也因为他的鼓励，使米开朗琪罗为我们保存了他为卡皮托勒山的建筑绘制的图纸。

科洛娜是意大利名门望族的后代，而且是受了文艺复兴精神熏陶最深切的一族。这是一个对智慧的事物抱有热情的女子。她几乎同意大利的所有大作家都有来往。她和米开朗琪罗一样，都拥有一个激烈却又脆弱的灵魂。

1538 年秋天，他们的关系变得更加亲密，但这却是建立在对上帝的信念之上的。

在艺术领域中，科洛娜为米开朗琪罗重新打开了信仰之门。不仅如此，她还激活了米开朗琪罗具备的、曾经被坎瓦尼里唤醒的诗歌才华。从她的诗中，米开朗琪罗汲取到了一种安慰、温柔，甚至是新的生命。

米开朗琪罗出生于一个大家庭。成年后，他是家庭的主要经济支柱。他深切地爱着家人，照顾着家人，从不怕付出，但是他的付出却被认为是理所当然。

当他为教皇卖力的时候，全家人不仅都靠他养活，而且还拼命盘剥他。他的父亲终日为没有钱而呻吟，他的三个弟弟也都依赖着他，经常等着他寄钱给他们，等着他给他们谋职位。他们不知道感激，反而认为是他欠他们的。

米开朗琪罗明知道自己被他们剥削，可爱面子的他不愿拒绝而显出自己的无能，所以一直对他们百依百顺。

随着事业的发展，家庭的烦恼有增无减。父亲的年纪越来越大，他的脾气也越来越差，有时甚至蛮不讲理。处在这种愁苦之中的人，工作自然得不到进展。1527 年，当那些将意大利弄得天翻地覆的政治事件突然降临时，梅迪契家族小教堂的雕像一个都没有完成。

晚年时，他的弟弟们相继去世，最重要的几个朋友也先后离开了。米开朗琪罗将他对亲情的需要全部转移到了已成孤儿的侄子身上。

米开朗琪罗是孤独的。他既没有像歌德那样对民望有一种渴望，也没有雨果那份对资产阶级的尊敬。所以他蔑视荣耀，蔑视上流社会，他被迫为教皇效力。他从不掩饰自己对人对事的态度，他甚至连教皇都觉得讨厌。

他孤单一人，他恨别人，也被人恨。他爱别人，但却不为人所爱。

他从高处看别人，而别人则从低处向上看他。他一直忙碌着，即使最卑微的人所享受的那种温馨他都没有享受过。

最糟糕的是他对自己的封闭。他甚至无法同自己生活在一起，自己否定自己，自己与自己斗争。他的灵魂永远在背叛他的才能。他一生全部悲剧的源泉，是他缺乏意志力和怯懦的性格。

在他晚年时，他几乎再也没有完成什么大作，他对这一切感到厌倦。有人把他的这种犹豫不决的责任归咎于他的买主们。但是如果他拒绝的话，他的买主们是没有办法强逼他干的。可是他不敢拒绝。

但他的灵魂又是伟大的。

伟大的灵魂就像崇山峻岭。无论风雨如何吹打它，云雾都会将它遮住。那里清新的空气可以洗涤心灵中的所有污秽；而当云开雾散时，它便能俯视人类。米开朗琪罗就是这样一座高大的山峰，高高地矗立在文艺复兴时期的意大利。远远望去，我们不难望见其巍峨的身影，消失在无垠的天空。

Step 5

1828 年 8 月 28 日，在亚斯纳亚 · 波利亚纳的一座古宅中，托尔斯泰出生了。托尔斯泰一岁多时，母亲去世；九岁时，父亲撒手人寰。心地善良的姑妈们照顾他长大。托尔斯泰从她们那儿知道了，爱是精神上的一种快乐。

1842 至 1847 年，托尔斯泰就读于喀山地区的一所学校，成绩平平。他将自己的青少年时期称作是“荒漠时期”。他是孤独的。他的头脑也长期处于一种狂热的状态。

自十六岁起，他不再像那些朝圣者一样祈祷，也不再去教堂。但此时，信仰并没有彻底消亡，只是在他的心中潜伏着。

在一次患病过程中，托尔斯泰创作了一本《人生规则》，并在书中天真地为自己制订了学习生活计划，他相信“人类的命运取决于不断地完善”。他如此追求意志、肉体和精神的完美，是为了征服世界，获得别人对他的爱戴。他想讨好别人。

可是，当时的托尔斯泰长得像猢狲一样丑陋，因为无法改变自己这张丑陋的脸，小时候的他便产生了要成为一个“体面人”的理想。

他蔑视大学课堂上老师传授的知识，拒绝进行正规的历史研究。于是他遭到了校方的处罚——停学。而就在这段时期里，他阅读了卢梭的《忏悔录》和《爱弥儿》。他简直为它们所倾倒。

他逐渐对大学和“体面人”产生一种厌恶之情。

1851年，他逃到高加索，躲进了军队里，开始创作《童年》。全书弥漫着温情轻柔的感情基调，这是托尔斯泰后期一直反感的，也是他在其他小说中所摒弃的。

《少年》缺少《童年》的纯粹，却显示出了一种更加新颖的状态，对大自然抱有极其强烈的情感，这是一颗深感忧虑的被折磨的心灵。在《一位绅士的早晨》中，托尔斯泰的个性特征已经基本形成，观察大胆而且真诚，对爱充满了信心。

在托尔斯泰青年时期，他疯狂地沉浸在对力、对人生爱恋的狂热之中。他拥抱大自然，希望能与之融为一体。置身于大自然之中，他可以倾泻、麻痹他的忧愁、欢乐以及爱情。

1853年11月，俄国向土耳其宣战。托尔斯泰先是被征召到罗马尼亚军团，之后又去了克里米亚军团，后随军队来到了塞瓦斯托波尔。

在这个人间地狱中，托尔斯泰整整待了一年。当从这个地狱中走出来，他再次回到了彼得堡的文人界之中。但他厌恶、轻蔑他们，他觉得这些人身上有的都是猥琐和虚假。然而，这些文人都对这个初来乍到的年轻同行十分恭维，因为他是带着双重的光环加入他们之中的：作家兼塞瓦斯托波尔的英雄。

但最终，他离开了这个群体。

1857年，他在巴黎看到的一次行刑，使他了解了自己对进步的迷信和虚幻，他开始思考，何为真正的自由，什么是专制，文明又是什么，野蛮如何辨别？

回到俄罗斯，回到家乡以后，他又开始关注起农民来。他认为他所要启示的对象并不是群众，而是他们每一个人的觉悟与良知，甚至是每个儿童的觉悟。因为这才是人类光明、希望之所在。

于是，托尔斯泰计划创办学校，一所“自发的学校”。他遵循的原则就是自由。

作为革命的保守派，托尔斯泰一直努力把这些自由的理论，在亚斯纳亚的土地上变成现实。和学生在一起时，他并不像是他们的老师，反而更像是他们的同学。同时，他还试图在农业经营中加入更人性化的精神。

此时的托尔斯泰依旧会受到各种敌对情绪的支配。他还是那么喜爱社交，因为他需要社交。有时，他会再次萌发享乐的愿望，有时是受到了一种好动的性情的刺激。

曾经有一次，他因为猎熊差点丢了性命。他常带一大笔钱去赌博。有时，他甚至会受到他原本蔑视的彼得堡文学界的影响。当他从歧途中走出来后，又陷入了深深的烦恼之中。

那时候，托尔斯泰并不清楚他的思想是为艺术而艺术，还是因为道德而艺术。

Step 6

1862 年 9 月，托尔斯泰和索菲娅喜结连理。托尔斯泰尽情地享受着家庭生活，而且对一切事物都付诸激情。

夫人对他在艺术方面的影响也是十分大的。她是个很有文学才华的女性，始终将丈夫的事业挂在心上。她竭力保护着托尔斯泰，使其不受宗教魔鬼的侵扰，也激发着丈夫身上的创作才能。除此之外，她还用女性的心灵为这个天才带来最新最丰富的源泉。在索菲娅的影响下所创作的《家庭幸福》中，女性形象显现出来了。

在随后的著作中，出现了越来越多的少女和女人，故事中还洋溢着一种热情的生活，一种胜过男人的生活。

在婚姻的恩泽下，托尔斯泰尝到了十至十五年、久违的和平与安全。有了爱情的呵护，他便可以悠然闲适地幻想，将想象变成现实，即创作出了凌驾于 19 世纪小说之首的鸿篇巨作：《战争与和平》和《安娜 · 卡列尼娜》。

《战争与和平》是那一时期最博大、宏伟的史诗，汇聚了众多的人物和情感。这部著作，呈现了整个历史时代。书中真正的英雄是人民；在他们身后，也同在荷马史诗中的英雄们一样，有神明的引导。

《安娜 · 卡列尼娜》是一部更加完美的作品，与《战争与和平》相比，托尔斯泰在这本书中更直露地将自己的精神、人格和哲学思想灌输到人生景观之中。

若说《战争与和平》的结束语是展开下一部作品的艺术性过渡，那么《安娜·卡列尼娜》的结尾便是两年后在《忏悔录》中表露出来的精神革命的过渡。

在写完《安娜·卡列尼娜》之后，托尔斯泰就心生厌倦之情了。他无法创作了。那时的托尔斯泰没有意志，厌恶自己，甚至害怕自己。

一种无法抗拒的力量驱使他，要他摆脱生命。家庭和艺术已经无法满足他。将托尔斯泰拯救出来的是民众。对于民众，托尔斯泰一向怀有"奇特的亲情"。

他发觉，这些人并非通过求助于理智，而是凭借信仰而生活。

他获救了，上帝降临到他的面前了。在托尔斯泰的信仰中，有一股汇聚着气势磅礴的强大的生命力。

他相信上帝，对他而言，上帝是灵魂、是爱、是世间万物的真谛。他认为，上帝的意志就是要人们爱其同类，永远为同类服务。对于任何人来说，生命的意义在于增长人们的爱。

《我们该怎么做？》成为标志托尔斯泰离开宗教默想的相对平和，进而卷入社会旋涡后所面临的第一段艰难旅程。

从此，长达二十年的战争开始了，他以《福音书》的名义，孤身一人向文明的种种谎言和罪恶宣战。

在托尔斯泰周围，他那种道德革命并没有博得多少同情，并且还因此让家人伤心。他与妻子之间的关系也越来越紧张。彼此相亲相爱、相敬如宾，却很难相互理解。虽然他俩尽可能地为对方做出让步，但这种相互的让步反而会变成一种痛苦。就这样，他们不得不分开一段时间。

然而，每当他们碰面时，彼此间格格不入的气氛又会蔓延开来。两个相爱的人互相爱怜又互相磨难，后来又被自己给对方造成的痛苦所折磨。这是一种无法改变的境况，延续了近三十年。

因为一种谦卑的基督教精神——而非托尔斯泰感情发生了变化所致，托尔斯泰坚持、主动与早有矛盾的屠格涅夫化解矛盾。

几年之后，屠格涅夫给托尔斯泰写了一封著名的信。信中，他恳求这位“朋友，俄罗斯的伟大作家”，能够“重新回到文学上来”。事实上，全欧洲的艺术家都和这位即将死去的屠格涅夫有着相同的关切与祈求。

托尔斯泰一生都在和自己的思想斗争，他从中获取新的力量，又怀疑它，否定它。

Step 7

晚年时期，托尔斯泰写了几部杰作：《伊万·伊里奇之死》《民间故事与童话》《黑暗的势力》《克莱采奏鸣曲》和《主与仆》。就在这一段巅峰与终极的创作时期，《复活》诞生了。

《复活》是托尔斯泰艺术上的遗嘱。它同《战争与和平》一样，标志着他艺术创作的成熟。此时的托尔斯泰已是古稀之年。他着眼于世界、自己的人生、信仰。他居高临下地审视着它们。同以往作品中所表述的思想一样，反对虚伪、疾恶如仇。

作品中，作者的抒情成分只占了极少的位置。而他的艺术表现手法却更加客观。无论卑鄙还是道德，作者都以一种既不严厉也不溺爱的态度，通过智慧和博爱的怜惜去观察、去对待。书中所流露的那种重压的宿命感，其实既压在那些受苦的人身上，也压在那些让别人受苦的人身上。

将自己的宗教思想加入写实主义之中，已经不是第一次了，但在这部作品中，它们各自独立，没有任何交集。因为托尔斯泰的信仰已经逐步脱离实际，而写实主义的思想日益自由、尖锐，所以这两种元素的反差也就十分强烈。

但是，《复活》仍不失为歌颂人类同情心的最美好的诗篇，或许也是最真实的诗篇。

在这本书中，能够看到其他任何作品里都看不到的托尔斯泰那明亮的目光，但淡灰色的眼睛无比深邃，能够令每个心灵看到上帝的存在。

1905 年，“大革命”的希望破灭了，人们期待的光明没有照射出来。贫困更加深重了。托尔斯泰虽然十分悲哀，可是他并不气馁。他仍然信奉上帝，相信未来：“如果眨眼间这里能长成一片森林，那就好了。可惜这是不可能的。”

而要长成一片森林，则必须要有许多许多树。托尔斯泰虽然满载荣誉，可他却是孤单的。从天穹照射下来的光明中，有多少人集合在了一起？

这无关紧要！只要能同上帝在一起，哪怕只有一个人也足够了。但是，这种孤独的信仰在多大程度上可以为托尔斯泰带来幸福呢？

他的忠实伴侣能够勇敢地分担他在生活及艺术创作上的重担，但对于他放弃艺术而改奉她所不了解的一种道德信仰，她感到十分痛苦。当自己不再为最好的伴侣理解时，托尔斯泰也痛苦万分。

他和孩子之间的隔阂好像也越来越深了。只有他的小女儿和他的医生是了解他的。

他与家人思想上的距离使他苦恼；他为无法逃避的世俗交际而苦恼；他为那些疲于应付的美国人和时尚人物的来访而苦恼；他为家中强迫他过的那种“奢侈”生活而苦恼。

或许是因为临死前的一阵狂热旋风把他刮出了门，他开始了四处流浪，最终病倒在一个不知名的小城里。弥留之际，躺在病榻上的托尔斯泰痛哭流涕。他的泪不是为自己流，而是为这些不幸的人。他哽咽道：“大地上有千百万生灵正在忍受煎熬，但你们为何都在这里照顾一个列夫·托尔斯泰呢？”

1910年11月20日早上6点多，他所提到的“解脱”终于到来了，“死亡，是一种幸福的死亡……”

这场战斗终于结束了，这是他以八十二年的人生为战场的战斗，所有的生命的力量、一切恶习和道德都加入了这场悲壮而光荣的征战。

曾经，托尔斯泰不止一次将自己的翅膀折断，但他始终坚持。每次重新起飞时，他都努力地挥动理智和信仰的巨大翅膀翱翔在广阔的天空之中。可是，他始终没有找到他想要的那份宁静。因为天空并非存在于我们之外，它就在我们心中。

托尔斯泰不属于有虚荣心的精英，他也不属于一切教派。他是自由基督徒最崇高的典型，他的整个人生都在竭尽所能地向着一种越来越远的理想前进。

托尔斯泰不跟思想的特权者说话，他的话只说给普通人听——他是我们的良知。他可以说出普通人的想法，以及我们所担心的内心中看到的东西。

对于我们而言，他并非骄傲自大的大师，也不是凭借自己的艺术和才智而高高在上的天才。他是——正如他在信中所自称的那个，一切名字中最美丽、最贴心的名字——“我们的兄弟”。

Chapter 6

奇迹男孩 · 善良使我们成为更好的人

『命运可能会跟你开一个残酷的玩笑，但爱能让生命化为奇迹。』

《奇迹男孩》是一部关于爱、希望、勇气、选择、生命意义的书，故事告诉我们，每个人都有不为人知的挣扎，聪明是一种天赋，但善良却是一种选择。

Step 1

我叫奥古斯特，我知道自己不是一个普通的十岁小男孩。因为一个普通的孩子去哪里，都不会被人一直围观，也不会把人吓得尖叫。我唯一的愿望，就是有一张没人会特别留意的普普通通的脸。

我出生的那天，医生被直接吓晕了过去，是护士把他喊了起来，也是那个护士，在我挺过最艰难的那个晚上之后，牵着妈妈的手陪她见了我第一面。

我从没有上过学，妈妈担任了我所有科目的老师。这并不是因为我的长相，而是因为我的病不得不一直做手术。我是在妈妈和克里斯托弗妈妈聊天的时候才知道自己要在那个秋天上学的，可爸爸和我都觉得我还没有可以去上学的心理准备。

妈妈告诉我，他们已经和图什曼校长聊过了，也许见见他也可以。图什曼校长告诉我这个学校有几门不错的科学选修课，还带着我们拜访了加西亚太太，在那里，我认识了朱利安、杰克·威尔以及夏洛特。

回家之后，我和妈妈说了今天遇到的事情，包括朱利安问我的脸是不是被火烧过，妈妈说如果我不想去上学，就可以不去。可是，我想去，真的想去。

开学第一天，图什曼先生在门口欢迎学生和家长，爸爸妈妈把我送到门口，看着我自己进了学校。

第一节课在301教室上，没有同学想要坐我旁边，除了杰克·威尔。皮特沙小姐是这堂课的老师，点名之后她让我们介绍自己。当她叫到我的名字的时候，我想到了爸爸曾经说过的那句话——“像一只待宰的羔羊”。

在我介绍完自己之后，朱利安问我为什么要留一个小辫子，我回答说那是《星球大战》里的徒弟的打扮。紧接着，他问我喜不喜欢达斯·西迪厄斯。在《星球大战Ⅱ》里，达斯·西迪厄斯的脸就像是融化了一样。朱利安是故意的，我知道。

下一节课是在321教室，授课老师是布朗先生，依旧只有杰克和我做同桌。在这节课，布朗先生告诉我们，信念是真正重要事情的准备，他的9月信念是：当面临正确与善良的选择时，选择善良。当我写下布朗先生的9月信念时，我突然意识到我开始喜欢上学了。

我还是个婴儿的时候，做过一次修补腭裂的手术，四岁的时候又做了第二次。所以我不得不用口腔前半部分咀嚼食物，我吃东西的样子就像一只乌龟，非常怪异。

午饭的时候，所有人都在打量我，我知道。在对我指指点点的众多女孩中，有一个坐到了我的对面，告诉我她叫萨默尔。她对我的态度和她的名字很像，体贴，温暖。

那个晚上，我剪掉了自己后面的小辫子，还对妈妈怒气冲冲的。睡觉前妈妈来到我的房间，开始为我读故事，不知道为什么，我突然哭了起来。

“为什么我必须这么难看？”奥古斯特哭着向妈妈大喊。

如何看待长得好看的人，是审美的问题。而如何看待那些长得不怎么好看的人，或者说，如何看待那些身患疾病的人，那些“非正常”的人，则是教养的问题。

不戳人的痛处，是一种好的教养。

当朱利安与杰克·威尔带着奥古斯特参观教学楼的时候，两人不同的处事方式，就可以看出他们教养的不同。所谓教养，是根植在灵魂深处，刻在骨子里的行为习惯，是无时无刻不在为他人考虑的善良。

Step 2

9 月真是难熬。这不仅是因为要接受学校的测验，还因为同学们总是在上课的时候偷偷打量我，他们会尽量避免碰到我，好像我的脸会传染一样。一个月后，尽管整个学校都适应了我的脸，但仍然没人愿意触碰到我，同学们都尽量离我远远的。那个时候我才知道，原来，有一种恐惧叫“碰到我”，就像是一种无解的病毒，碰到我就会被传染。

无论上什么课，我和杰克·威尔都形影不离。老师们似乎形成了某一种默契，总是把我们分到一起。上历史课的时候，杰克问我为什么不去做整形手术。我说这已经是整过的了，杰克狂笑不止，说我应该去起诉我的医生。我们大笑起来，以至于老师不得不把我们分开。

“你的行为，是你的纪念碑。”这是布朗先生的 10 月信念。我们的所作所为才是正确的事情，这远比我们说过的话和长什么样子更重要。

萨默尔和我聊起万圣节的事。

一年之中，我最喜欢的日子就是万圣节了，在那一天，大家都戴着面具，没有人知道我是谁，没有人会盯着我看，也没有人会对着我指指点点。

萨默尔想要扮成独角兽，而我想要扮成波巴·费特，那是《星际战争》里的一个反派角色，一个赏金猎人和雇佣兵，穿着标志性的火箭背包太空服。

小时候，我无论去哪都带着一个宇航员头盔，直到我七岁时，为了做一个眼睛手术，才不得不把它取下来，自那之后就再也找不到它了。久而久之，我就习惯不戴头盔了。

万圣节要到了，妈妈为我做了波巴·费特的服装。但不知道为什么，万圣节那天早晨，维娅突然情绪崩溃大哭了一场。妈妈只得让爸爸先送我去上学，她来安慰维娅。我来不及换上波巴·费特的衣服，只能穿着去年的骷髅幽灵衣出去。

我到教室时，看到朱利安在和两个“木乃伊”说话：“看起来真的很像他，如果我长成这样，我愿意每天戴着面具。”

朱利安问其中一个“木乃伊”：“你为什么整天和他待在一起？”

“图什曼让我这么做的，他一定和所有老师都打过招呼，让我们在一起。”“木乃伊”耸了耸肩，“问题在于，他总是鞍前马后地跟着我，我能怎么办？”

那是杰克·威尔，我熟悉这个声音。我没有听完后面的回答，就从教室冲了出去，走到护士站，装作肚子疼，让妈妈把我接回家了。

第二天是星期五，我没去上学。我用一个周末的时间来思考。我再也不回学校去上学了，我很确定。

孤独，是奥古斯特不得不面对的现实，因为他是这个学校的异类。如果仅仅是不合群，其实也算不上什么特别严重的事情，但当他意识到，自己在同学们眼中如同病毒一样，哪怕再小的接触都会引来恐慌的时候，这个世界残酷的一面才刚刚开始。

在被孤立、被排斥的时候，友情显得尤为可贵。

杰克·威尔对奥古斯特来说，是在学校继续读书的勇气来源，是大海里可以救命的最后一根浮木。所以，当奥古斯特听到他说，如果他长得像自己一样就去自杀的时候，奥古斯特所承受的伤害是平时的成百上千倍。

奥古斯特之所以选择上学，是因为他想交到朋友。可是，事实与他所想要的恰恰相反。奥古斯特不想再去上学了，因为他没有朋友，也不再相信自己能在学校交到朋友了。

Step 3

我是维娅。奥古斯特是太阳，我，妈妈和爸爸是围绕太阳转的星星。唯一不围绕奥古斯特转的行星是黛西，因为在它看来，我们没有什么不同。

大家都知道奥古斯特与我们不一样，虽然爸妈一直努力用平等的态度对待我们，但他们对他的态度已经说明了一切。我已经习惯这种生活方式，因为我明白，奥古斯特需要特殊的照顾。

在看过奥古斯特一次又一次手术所经历的折磨之后，我已经知道，对妈妈抱怨他们没有陪我，或者错过了我在学校的演出，等等，简直是太不知足了。

我不记得奥古斯特出生前的生活是怎样的，在小时候的照片里，爸爸妈妈总是抱着我笑得很开心，大家都很喜欢我，在乎我。但我已经不记得那是什么感觉了。直到，他们第一次把奥古斯特带回来。

我不明白为什么那些陌生人会用震惊、恐惧的眼神看待他，我会冲着他们大吼大叫，“你到底在看什么鬼东西”。

后来，奥古斯特需要动手术，我住到外婆家，那些场面突然就不见了，再没有人盯着我们一直看。四周后，我回到家，奥古斯特尖叫着来欢迎我。我突然明白了，为什么其他人会用那样的眼神看待他。

我们已经花了很多时间让他觉得自己是普通人，可问题是，他不是。我喜欢高中的原因是，没有人知道我是奥古斯特的姐姐，我只是维娅。米兰达，艾拉和我从初中开始就是好朋友了，后来我们又一起考入同一所高中。我以为我们的友谊会一直继续下去，可是当暑假结束，一切都不同了，我似乎被排挤出了那个小小的圈子。

妈妈本来拜托了米兰达的妈妈在放学后送我回家，但我拒绝了。晚饭过后，我把白天的遭遇都告诉了爸爸。第二天，妈妈依旧想拜托米兰达的妈妈送我，但爸爸坚持说我可以自己坐地铁，妈妈只得同意了。

米兰达和艾拉打进了一个注定要载入高中荣耀史的小圈子，我们之间的共同话题越来越少，慢慢分道扬镳。后来，我和一个叫埃莉诺的女孩玩到了一起，通过她，我坐进了“聪明女生”一桌。

万圣节的那天，奥古斯特想化装成波巴 · 费特，妈妈花了很长时间为他改衣服。我没有提一句让她帮我做衣服的事情，因为说了也没有用。

那天早上，爸爸送奥古斯特上学，我和妈妈在家里哭了一场。就在我们准备看 DVD 的时候，学校来了电话，奥古斯特不舒服。于是，“维娅的妈妈”离开了，“奥古斯特的妈妈”回来了。

晚上，奥古斯特告诉我他在学校发生的事情，等他发泄了一通之后，我们换上了万圣节的衣服，出去要糖了。

万圣节的第二天，奥古斯特还是不想去上学。我告诉他，作为一个普通小孩，每个人都会有不想上学的时候，但一定要学会面对。

奥古斯特为了不让我继续唠叨下去，同意回去继续上学。然后他告诉我，几天前米兰达给他打过电话，告诉他我们现在不怎么在一起了，但她依旧会像个大姐姐一样喜欢他，还说她很想我。我非常开心，因为米兰达说她想我。

妈妈对奥古斯特的偏爱，一定让维娅受了很多的委屈。奥古斯特出生的时候，维娅四岁。四岁以前，妈妈是“维娅的妈妈”，四岁以后，维娅的妈妈就逐渐被“奥古斯特的妈妈”代替了。

一个身患疾病的弟弟，不仅抢走了妈妈的偏爱，也带来了大家异常关注的眼光。作为全世界最懂事的姐姐，她明白为什么奥古斯特需要更多的关心，明白为什么妈妈总是“奥古斯特的妈妈”，所以她从不需要任何人操心自己的任何事。

在奥古斯特眼里非常独立的姐姐，这一年却数次崩溃。外婆去世，好朋友突然变成陌生人，维娅再怎样坚强，也只是一个小女生，也需要家庭的呵护和朋友的关心。

对维娅来说，向家人抱怨是一种奢侈。如果“维娅的妈妈”可以更多地出现，维娅的生活也许会好上许多。

对奥古斯特来说，维娅不仅是家人，更是多年的朋友。在奥古斯特上学前的几年里，维娅是他生命里唯一的同龄人。维娅理解奥古斯特，而奥古斯特也一样理解维娅。

Step 4

我是萨默尔。

很多人问我，为什么总与“那个怪物”形影不离，“因为他是个好孩子”，我总是这么回答。第一天和奥古斯特一起吃饭，是因为我同情他。一个长相奇怪的孩子孤零零地坐在那里，没有人和他说话，每一个人都盯着他看。

他不是这个学校唯一的新生，却在开学的第一天，成了这个学校唯一的“异类”。但除了长得有些奇怪，他没有什么不同。

我知道有些同学把他当作“瘟疫”，无论是谁，只要碰到奥古斯特，不在三十秒内洗手就会被传染。这种说法真是无聊。

万圣节之后，奥古斯特就没来上课。等到他再回来的时候，表现得特别奇怪。他以为我和他做朋友是因为受到图什曼先生的嘱托，这让我非常生气。

我本来还准备多气一会儿，可是当我知道万圣节那天发生了什么之后我就无法再生气了，杰克说的话确实很难听。我向奥古斯特保证，不会把这件事告诉任何人。

我们每一个人都要为12月的“埃及博物馆日”做一件埃及手工艺品，奥古斯特抽到了萨卡拉金字塔的台阶，我的是冥神阿努比斯。

在任务布置下来后的一个月，奥古斯特放学后基本都与我在一起。到了博物馆展览的那天，我们把自己装扮的如同木乃伊一样，脸都被遮住了。

我们带领着自己的父母在每一个展品前停留，介绍。在中间休息的时候，我把木乃伊头套拿了下来，杰克·威尔走过来问我，奥古斯特为什么生他的气，我犹豫了一下，告诉他：骷髅幽灵衣。

我是杰克·威尔。8月初的时候，爸妈接到了图什曼先生的电话，想让我保护一个即将入学的新生。

妈妈觉得这是非常荣幸但也非常让人难过的一件事。因为那个男孩的脸有一些问题，我知道她说的是谁，那个男孩，奥古斯特。

我第一次见到奥古斯特，是在阿莫斯福特大道的卡维尔商场外面。我和保姆维罗妮卡坐在商场外的椅子上。奥古斯特紧挨着我坐着，吓了我一跳，我还以为他带着一个僵尸面具什么的。

我问维罗妮卡，他为什么戴着面具。她却告诉我，我的动作很可能会伤害到那个小男孩。我不是故意的，我回答说。可维罗妮卡却告诉我，有时候不一定要故意伤害才能伤害到别人。

不论何时再见到他，我都能想起维罗妮卡的话。

我最后还是答应了图什曼校长的请求，因为妈妈告诉我朱利安和夏洛特也会去。

接触之后我发现，奥古斯特很聪明也很酷。在习惯他那张脸之后，其实我很愿意与他做朋友，我可以对他完全敞开心扉。

万圣节之后，奥古斯特突然对我冷淡起来了。我不得不去问萨默尔到底发生了什么事。她告诉我说：骷髅幽灵衣。那是什么意思？

我不是很在乎奥古斯特和我绝交，毕竟我在学校里交友广泛。互不理睬有点难，毕竟我们总是坐在一起。

布朗先生的 12 月信念是天佑勇者。看到这句话的时候我想了很多，其实，和奥古斯特成为朋友是我做过的最勇敢的事情了。

我不是世界上最好的学生，我讨厌家庭作业和科学课。就在鲁宾小姐布置五年级的科学实验项目的时候，我突然明白了萨默尔所说的“骷髅幽灵衣”的意思。那天，我正在和朱利安谈论奥古斯特，我不知道自己为什么要说那句话，可我就是那么说了。

鲁宾小姐安排了实验搭档，朱利安想要和我一组，可是我拒绝了。下课后，他跑来问我为什么非要和那个怪胎做朋友，我回身一拳，打在了他的嘴上。

我打掉了他的一颗牙。图什曼先生让我向朱利安道歉，并给了我停课的惩罚。好在假期马上就来了。

这次停课，对我来说反而是一件好事。我与奥古斯特和好了。1 月份，我重新回到学校后，得了瘟疫的人似乎变成了我，这是朱利安的报复。

夏洛特后来告诉我大家孤立我的原因，寒假的时候，朱利安办了一场生日派对，很多人都去了。

他在派对上和大家说，我和奥古斯特做朋友是因为图什曼校长的逼迫，而他的妈妈正在迫使学校重新审核奥古斯特的入学申请。

这简直太糟了。

Step 5

我叫贾斯汀，是维娅的男朋友。

第一次见到维娅弟弟的时候，我简直惊呆了。和她弟弟打过招呼之后，我们去了维娅的房间。她告诉我，很多孩子都无法面对奥古斯特，所以在来第一次之后，都不愿意再来第二次。

我喜欢奥利维娅一家，他们总是很开心，互相说着“我爱你”。可我的家里并不是这样，四岁的时候，爸爸和妈妈就离婚了，他们彼此恨之入骨。

现在，我正在为学校今年的春季会演排练戏剧，我被选中了出演舞台经理，可维娅却竞选失败了，她喜欢的角色叫艾米丽，扮演者是米兰达。

借着排练的机会，我知道米兰达以前是维娅的好朋友。当我拿这个事情问维娅的时候，她却突然哭了起来。

我以为她是因为米兰达才哭的，可是维娅却告诉我，自己不想让家里人来看演出，因为不想让人知道她弟弟是个残疾。

我是奥古斯特，我现在已经开始戴助听器了。

妈妈在春假过后的几天，发现维娅隐瞒了她演出的事情，我听到他们在很大声地争吵。吃晚饭的时候，妈妈告诉我，爸爸会去看演出，而她和我留在家里。因为我不会喜欢那个演出的内容，她是这么告诉我的。可我知道事实并不是这样，维娅不想让她的朋友知道我。

我跑回自己的房间，用娃娃把自己的脸埋了起来。三十分钟后，维娅冲了进来，告诉我黛西病了。我下了楼，看到黛西侧着身子躺在地板上，妈妈跪在它身边，摩挲着它的头。

“我想，我们跟黛西说再见的时候到了。”

我从来没见过爸爸哭，但是那个晚上，我看到了爸爸在偷偷地哭泣。

黛西离开几天后，维娅带回了三张演出的门票。妈妈告诉我维娅是替补，如果主要演员有事无法上台，她才可以演出。

戏演了一会儿，一个叫韦伯太太的角色在叫她的女儿艾米丽。我从节目单上得知那是米兰达要演的角色，因此我倾身向前想好好看看她。可是，我突然发现，扮演艾米丽的不是米兰达，而是维娅。

她演得真棒，演出结束后，我们在后台等维娅，没想到却碰到了米兰达。

我是米兰达。

爸妈在我九岁的时候就离婚了，那个夏天，妈妈让我去参加夏令营。虽然我不想去，但还是去了。在夏令营，我说自己有一个畸形的弟弟，没想到却因此成了那里最受欢迎的女孩。只有我自己知道，我说的人就是奥吉。我真的把他当作自己的亲生弟弟。

因为这件事，夏令营结束之后，我一直不知道怎么面对维娅。这一年，我都很少见到她，见面也只会尴尬。

和维娅的友谊最让我怀念的是她的家人，他们总是热情好客，和他们在一起时很有安全感。

其实我参加戏剧课的起因也是因为维娅。她不知道，春演最开始定的剧本是《象人》，讲的是一个重症畸形人的故事。我告诉老师我的弟弟有先天缺陷，这部戏会对他产生很大的伤害，所以后来才换成了《我们的小镇》。

首演之夜，导演达文波特正在和布景师交接最后的一些变动。不知道为什么，我突然想把这个主演的机会让给维娅，这个想法让我自己都吃了一惊。

波特虽然很生气，但还是同意。我在舞台后侧看完了剩下的演出。贾斯汀让人惊艳，在令人心碎的最后一幕，维娅演得实在太棒了。

演出结束之后，我在后台遇到了奥古斯特，他让我一起去吃庆功宴，考虑到我和维娅的现状，我本来想拒绝的。可是，维娅伸出胳膊搂着我："你一定要去。"

我跟随他们走出人群，必须承认，这是很久以来我第一次打心眼里感到快乐。

Step 6

学校会为五年级学生组织大自然之旅活动，是三天两夜的野营，这是我第一次参加野营。在前往目的地的大巴上，我听到迈尔斯对阿莫斯说，朱利安没有参加这次旅行。这可真是一个好消息。

我们在中午到达自然保护区，下午的计划是森林远足。第二天是在游乐场，晚饭后坐车去体验户外电影之夜。电影演到无聊的时候，杰克碰了我一下，他想要去小便。杰克想要去树林里解决，于是我们向着广场边的树林走过去，在过去的路上，我们遇到了阿莫斯、迈尔斯和亨利，他们还是不跟杰克说话。

等到杰克解决了自己的小问题，我们准备回到大屏幕的时候，却遇到了其他学校的学生。他们一共六个人，其中一个女孩看到我之后突然尖叫了起来，一个孩子用手电筒指着我的脸："我不知道我们今晚看的是《魔戒》，他简直是咕噜啊。"

"咱们离开这里。"杰克悄悄对我说。他拉住我的卫衣袖子，正要走开。

"等等！"拿手电筒指着我们的那个孩子说道，并拦住了我们的去路。

"我不知道我们今晚看的是《魔戒》啊！伙计们，这就是咕噜啊！"

"行了，埃迪。"其中一个女孩说。

“别烦他，好吧？”杰克试图推开埃迪，但埃迪使劲推了一把杰克的肩膀，使他往后一栽。

“哟，老兄，怎么啦？”我们身后响起了一个新的声音，“怎么啦，伙计们？”

埃迪转过身，把手电筒转向声音传来的方向。刹那间，我简直不敢相信我的眼睛，我看到阿莫斯出现在了埃迪身后，还有迈尔斯和亨利。

阿莫斯看着我们：“来吧，伙计们，我们走，图什曼先生在等着我们呢。”

我知道他说的不是真的，但我扶起杰克，朝他走过去，路过埃迪的时候，他伸手抓住了我的帽子，让我摔了一下。

阿莫斯像头怪物一样撞了过去，然后我们就开始发疯一样的跑了起来。直到有人喊道：“我想我们甩掉他们了。”

杰克和阿斯莫开始谈论着刚才的事，“嘿，兄弟，”杰克高高举起双手说，“你们能回来找我们真好，真的很好。谢谢你们。”

“好说。”阿莫斯说着和杰克击掌。然后迈尔斯和亨利也与他击掌。“是啊，兄弟们，谢谢你们。”我说着也像杰克那样举起手掌，阿莫斯看着我，点了点头。“你毫不妥协，这挺酷的，小家伙。”他一边说一边和我击掌。

回到大荧幕的时候，一切都和我们去厕所之前没什么两样。但我知道，有些东西不一样了。

很快，就到了我们该毕业的时候了。杰克偷偷告诉我，我们要在这里耗上一整天，因为校长杰森先生和图什曼先生的演讲都会非常非常长。

事实上，图什曼先生的演讲很快就结束了。他告诉我们，最重要的是在这一年里，我们用我们的时间做了什么，选择怎样度过，而我们又感动了谁，这比我们长高了多少更重要。我们要做的是比“应该的更加友善”，因为仅仅友善是不够的。

我喜欢图什曼先生的演讲，但我必须承认，其他人发言的时候我有点开小差。

鲁宾小姐宣读光荣榜上榜名单的时候我才回过神来，阿莫斯获得了“体育成绩全优奖”，我真为他高兴，可是当我听到萨默尔获得“创意写作奖”时，我简直激动万分。最后一个奖项，是亨利 · 沃德 · 毕彻奖章，图什曼先生说：这个奖章的意义是发现伟大。而伟大不在于你有多强大，而在于如何利用自己的能力。

紧接着，我听到她说：“下面有请奥古斯特 · 普尔曼上台接受这个奖项！”

我不知道我为什么获得了这个奖章，对我自己来说，我只是一个普通的孩子。但是，如果他们想给我一个奖章的话，我就要。毕竟我刚刚五年级毕业了，这很不容易。

奥古斯特获得了以“发现伟大”为主要意义的奖章，这个奖章不仅仅是奖励他的坚持，更是奖励他的善良为身边人带来的改变。

从入学，到毕业。奥古斯特用善良改变了身边的所有人，至少，他们再也不会害怕和他接触，知道了“不能以貌取人”。那些曾经不懂事的孩子们，在这一年，明白了内在的意义，感受到了善良的力量，获得了真正的成长。

Step 7

《奇迹男孩》是一个关于善良、勇气、爱与宽容的故事。

凡从神生的，就胜过世界

奥古斯特在十岁的这年，走出了自己过去生活的小世界。在学校，奥古斯特遇到了友谊，也遇到了恶意。同学从把他当成“瘟疫”一般躲避，到在毕业典礼上为他欢呼鼓掌，奥古斯特用坚持和善良证明了自己。

如同他自己所说，我不普通的唯一原因，是没有人用普通的眼光看我。

《奇迹男孩》是一本无论是大人，还是孩子，都可以从中学习的书。

对比朱利安和杰克 · 威尔的父母，家长们可以明白自己的言行对孩子的影响，是任何教育都无法代替的。

从图什曼校长以及各位老师的身上，园丁们可以看到，那些大人不以为意的来自同学们的小恶意，会对他人造成多大的伤害。

从奥古斯特父母的身上，可以看到偏爱对孩子们的影响；从维娅和米兰达身上，可以看到坦诚和成全在朋友关系中的重要性；在奥古斯特身上，我们可以看到坚持的重要性。

我们每个人的生活都不完美

奥古斯特，十岁的小男孩。拥有一个把他当成“太阳”一般关怀的家人，和不需要为钱苦恼的家境。可是，他却是一个天生的脸部残疾患者。

奥古斯特的姐姐维娅，漂亮懂事，体谅父母将所有的注意力都放在弟弟身上。因此，维娅缺爱，渴望关怀却一直在压抑自己的情感需求，也不愿意高中新朋友知道她有这样的弟弟，从而在自己的世界里挣扎。

奥古斯特的同学杰克，货真价实的普通人。普普通通的家境，不得不为了奖学金放弃更好的学校；普普通通的成绩，为了一个A+ 的评价可以乐上几天。普普通通的思想，不像朱利安一样捣蛋，也没有萨默尔的温暖。于是普通的杰克成了大众的一员，在大家都在讨论奥古斯特的时候，迎合地说出了伤人的话。

每个人都是不完美的，或多或少，我们都曾经历过类似的情形。我们每个人都受到原生家庭的影响。

奥古斯特的家庭被书里的很多人所羡慕，他们总是互相说着“我爱你”，表达自己的爱意；对待别人也可以做到热情好客，让他人获得如同家庭一般的安全感。

我们每个人都在咬牙坚持

奥古斯特上学后就如他的父母所言，成了案板上的鱼肉，毫无反击之力：同学的避之不及，杰克 · 威尔的谎话，朱利安充满恶意的玩笑都给他带来了无法诉说的伤害。

奥古斯特想过放弃，可还是在姐姐的安慰鼓励之下选择回到学校，继续读书。

而维娅呢，高中开学后她和自己最好的朋友米兰达渐行渐远，其中的不解和难过不言而喻。这些负面的情绪，维娅无法向任何人诉说，只能自己默默承受。

不仅如此，她还要安慰自己受伤了的小弟弟，如同她自己所说：所有人都只能去上学，即使是在很不爽的时候。

学习也好，工作也好，每个人都有那么几次想要放弃，可大多数人依旧坚持在自己当初选择的路上，因为他们都明白，这个世界上，没有一条好走的路。

我们每个人，都有自己的闪光点

奥古斯特在学校受到一次又一次伤害之后依旧坚强，勇敢面对自己的不足，用善意温暖他人，即使是面对曾经说错话伤害自己的杰克·威尔，也能说出“欢迎来到我的世界”的玩笑话。

维娅在自己十分难过的时候仍然记得关心照顾自己的小弟弟；杰克·威尔敢于在朱利安侮辱奥古斯特的时候挥拳相向；萨默尔在大家都排斥奥古斯特的时候伸出友谊之手；米兰达为了成全维娅及其家人让出了主演的机会。

坚强、包容、勇敢，这些人性的闪光点在他们身上熠熠生辉。

无论在多么艰难，多么想要放弃的时候，冷静地想一想自己，每个人都会有其他人无法替代的优点。

Chapter 7

卡拉马佐夫兄弟·一幕关于人的精神的戏剧

『世间所有真实的痛苦，给你撑过内心煎熬时刻的力量！』

《卡拉马佐夫兄弟》是陀思妥耶夫斯基的最后一部作品，也被公认为是他最伟大的作品。关于这本书的创作意图是他一辈子魂牵梦萦苦苦思索的问题：上帝是否存在。他希望通过主人公阿辽沙·卡拉马佐夫的经历，探讨上帝的精神如何体现在现实生活中，希望把信仰问题变成一个人们天天面对的生活问题。

Step 1

陀思妥耶夫斯基是公认的具有全球影响力的两个俄罗斯作家之一，而另一个是托尔斯泰。

如果说托尔斯泰代表着俄罗斯文学的广度，那么陀思妥耶夫斯基便代表着俄罗斯文学的深度。

法国著名作家安德烈·纪德曾这样评价他："他的小说是最饱含思想的小说，同时从不抽象，是我读过的最富有活力、最令人激动的小说。"

陀思妥耶夫斯基出生于1821年，从彼得堡军事工程学院毕业后，就开始从事文学翻译和创作。二十四岁时，他写出第一部小说《穷人》，立刻赢得评论界一片赞扬。然而几年后，他因参加了当时的一个社会主义革命小组而遭逮捕，创作之路因此而中断。

1859年，三十八岁的陀思妥耶夫斯基终于返回彼得堡，开始密集创作，一年之后便以《死屋手记》再次震撼文坛。托尔斯泰在看完这本书后说："我认为在包括普希金在内的整个新文学中，再也没有比这本书更好的书了。"

与旷世奇才不相对称的是他无法戒除的恶习：他嗜赌如命，为此搭上全部家当，靠朋友接济度日。他长期债台高筑，为了躲债多次逃往国外。在这样的情形下，他不得不拼命写稿交给期刊连载。常常是一部小说已发表三章，第四章才开始排版，第五章正在邮寄途中，而第六章以后压根儿还没写好。

在某种程度上，这种写作方式也影响了他的写作风格。他的行文常常是一蹴而就的，感情的激流一路倾泻，不加掩饰和雕琢，这也形成了他别具一格的文风。

在陀思妥耶夫斯基人生的最后十四年，他创作出了自己最重要的四部长篇：《罪与罚》《白痴》《鬼》和《卡拉马佐夫兄弟》。

纪德说他属于一种罕见的天才，“奋进不息，作品不断，暮年老当益壮，没有丝毫的衰退，直到死神突然把他断送”。

《卡拉马佐夫兄弟》是陀思妥耶夫斯基的集大成之作，他曾设想了两个部分，第一部是序曲，讲述的是阿辽沙青春时代经历的一件事；第二部则写到十三年后，阿辽沙在经历了人世的邪恶与黑暗后，如何重拾对上帝的信仰，并在世俗生活中过一种属灵的生活。但遗憾的是，小说只写完了第一部，他就去世了。

故事讲述了阿辽沙的父亲费奥多尔·卡拉马佐夫被杀的经过。在这起凶杀案中，所有人物的内心都上演着一场上帝与魔鬼的殊死搏斗，他们对上帝是否存在这个问题的回答，也直接影响他们今后的命运。

作为基督徒的阿辽沙，在见识了人性之恶后将如何坚持对上帝的信仰？米嘉是否真的要为没犯过的罪服刑？不信上帝的伊万在理性与良知之间又会如何选择？随着陀思妥耶夫斯基的离世，这些都成了悬而未决的谜题。

但就像曹雪芹的《红楼梦》一样，“未完成”也不一定是遗憾。《卡拉马佐夫兄弟》的“未完成”，以及书中留下的这些悬而未决的问题，也进一步增强了故事的张力。

事实上，对于一部伟大的作品而言，重要的不在于它有怎样的结局，也不在于作者给出了什么结论，而是我们能从作品中获得怎样的启发。

Step 2

费奥多尔·巴普洛维奇·卡拉马佐夫是县城里的一个地主。他品性恶劣，狡猾贪婪，是个远近闻名的混球。

费奥多尔结过两次婚。第一个妻子是个大家闺秀，她厌倦了平淡无奇的优裕生活，渴望过一种轰轰烈烈的人生，就和费奥多尔私奔了。婚后，她才发现自己的丈夫不过是个贪财好色的家伙，一心只想骗她的嫁妆。于是，她又一次离家出走和人私奔，留下了一个三岁的儿子米嘉。

米嘉小小年纪就失去了母爱，又很快被自己的父亲遗忘，多亏了家里的仆人格里果利照顾着才活了下来。米嘉的童年，几乎没有感受过一丝母爱与父爱，没有人在他脆弱痛苦时给予安慰，也没有人在他迷惘无措时指点迷津。所以他后来变成一个纵情酒色的浪荡子也就不足为奇了。他得知母亲给自己留了一笔财产在父亲那儿，只要等到成年就能拿到，便一心指望着靠这笔钱实现经济独立。

可贪婪的费奥多尔却不想交出这笔钱。他耍了个花招，每隔一阵子就给米嘉寄一点钱，等四年后，便声称这笔财产已经全部支付完。米嘉怀疑其中有诈，便带着未婚妻回到县城，发誓要跟自己的父亲把这笔账算清。

在前妻死后，费奥多尔又娶了一个性情温顺的年轻妻子。她温柔体贴，包容忍让，可费奥多尔却总是对她羞辱责骂，只因为她没有带来多少嫁妆。结婚八年后，第二个妻子也撒手人寰，留下两个儿子，大的叫伊万，小的叫阿辽沙。和大哥米嘉的命运一样，伊万和阿辽沙也很快被自己的父亲遗忘，在格里果利的照料下勉强活了下来，后来有幸被一位富有的将军夫人接去抚养。

伊万性格内向，寡言少语，有着很强的自尊心。他中学毕业后又考上了大学，一边读书一边打工，日子过得十分艰苦。但他不想开口向父亲要钱，他知道就算要了费奥多尔也不会给。

阿辽沙是个性情温和，富有爱心的年轻人，到哪儿都受人喜欢。在中学学业还剩一年时，他遇到了当时大名鼎鼎的佐西玛长老，他便投入长老门下，追随左右。在米嘉和伊万回来时，他已经在修道院当了一年的见习修士了。

在分离多年后，卡拉马佐夫一家人就这样破天荒地聚到了一块儿。费奥多尔对儿子们向来不闻不问，从未尽过做父亲的责任。三兄弟对这样一个无情的父亲，自然也没多少感情。

那么，现在又是什么原因让他们在离家多年后再次回来？

阿辽沙声称自己是回来寻找母亲的墓地的；至于伊万，没有人知道他为什么回来，他向来阴郁乖僻，沉默寡言；只有米嘉的归来目的明确：他要和父亲把遗产账目的问题算个究竟。但这笔账怎么算都拉扯不清，父子俩的关系也因此到了剑拔弩张的境地。

最后，费奥多尔提出让大家都去修道院集合，当着佐西玛长老的面把财产问题谈清楚，也可以请长老以神职人员的身份从中加以劝解调停。

于是，这天中午 12 点整，一行人如约来到了长老的修室。但米嘉却姗姗来迟，他向长老解释是父亲派去的听差通知有误，还说长老其实不该同意这场聚会，因为他的父亲只想惹是生非。费奥多尔立马和米嘉争吵起来，指责他花天酒地，生活放荡。两人情绪越来越激动，甚至叫嚣着要拼个你死我活。修室内群情激愤，局面眼看着就要失去控制。

这时，佐西玛长老突然从座位上站起来，走到米嘉面前跪了下来，毫不含糊地行了一个全礼，前额甚至都触到了地面。气氛顿时冷下来，众人被这一幕惊呆了，米嘉更是站在那里目瞪口呆，良久才回过神来。面对这样的场景他也不知如何应对，只得口中喊着上帝，双手掩面跑出了房间。其余的客人也跟在后面一拥而出，慌乱中甚至忘了向主人道别行礼。这场修道院内的家庭会议就这样不欢而散。

Step 3

在长老修室里的集会不欢而散。阿辽沙从修道院出来，准备前往卡捷琳娜家。卡捷琳娜就是米嘉的未婚妻，她托人给阿辽沙带来一封短信，希望能和他见一面。

途中，阿辽沙遇见了鬼鬼祟祟的米嘉，米嘉说他在窥探一个秘密，至于是什么秘密却不肯说。他听说阿辽沙准备去见卡捷琳娜后，便向阿辽沙讲起了自己与卡捷琳娜的故事。

米嘉在戍边营里当准尉时，上司是一个上了年纪的中校，他有两个女儿，大女儿叫阿嘉菲娅，大方可爱，和米嘉成了很好的朋友。小女儿叫卡捷琳娜，美丽而骄傲，是城里的社交名媛。

在一次晚会上，米嘉向卡捷琳娜献殷勤，没想到对方对他爱理不理的。米嘉便记下了这笔仇，发誓有机会一定要报复这个傲慢的姑娘。

报仇的机会很快就来了。这个中校一直暗中挪用公款找人帮他投资。结果，一直帮中校做投资的那个商人突然连本带利地卷款逃走了，而就在此时，上峰下达命令要求中校两个小时内必须立即交出四千五百卢布的公款。

当时米嘉手头恰好有六千卢布，他告诉阿嘉菲娅，只要她的妹妹亲自上门来求他，他就愿意借给她们父亲四千五百卢布。卡捷琳娜果然来了，她站在门口强作镇定，问米嘉是否真的愿意给她钱。

米嘉怀着仇恨的心理瞧着她，几秒钟过后，他忽然感到心中的恨转变成了爱。于是，他默默地取出一张五千卢布的票据交给了她。卡捷琳娜接过票据，凝神注视了米嘉一秒，然后行了一个前额着地的俄罗斯大礼。

这件事过后不久，中校就生病去世了，卡捷琳娜和姐姐搬去了莫斯科的亲戚家，并在那儿得到一笔不菲的遗产。她将四千五百卢布如数还给了米嘉，同时寄来一封信向米嘉表白爱意，并主动提出了订婚的请求。

米嘉觉得自己配不上卡捷琳娜，他反复多次地向她坦白自己的品性，但卡捷琳娜表示并不在意，只要他保证以后改过自新。最终，他们在莫斯科订了婚。

但现在，米嘉要阿辽沙转告卡捷琳娜，两人将永不相见。因为他辜负了卡捷琳娜，已经没有资格再做她的未婚夫了。他还爱上了另一个女人格露莘卡，但他挪用的三千卢布一定会设法归还。

米嘉哪里还有钱还上那三千卢布呢？他不过是还想着从父亲那儿要钱罢了。因为从费奥多尔的贴身家仆斯乜尔加科夫那儿打听到费奥多尔准备了三千卢布，等着格露莘卡亲自去取。米嘉想要阿辽沙帮他去找老头儿要那笔钱，然后拿着钱去找卡捷琳娜。

阿辽沙对米嘉的这个计划感到不可思议，守财奴、费奥多尔怎么可能会拿出钱来？这个道理其实米嘉也明白，可他还是坚持让阿辽沙去要。即使希望渺茫也要试一试，因为这是他唯一的机会。让他可以还上卡捷琳娜的钱，挽留最后一点尊严。

而米嘉自己蹲守在这个花园里，则是为了监视老头子那边的动静，这里离费奥多尔的住宅只有一墙之隔。

阿辽沙这时也才意识到，米嘉说他躲在这儿为了窥探一个秘密，原来是在守株待兔，万一格露莘卡真的去找费奥多尔了，他就会闯进屋去跟他们算账，甚至杀人。

听了这番话，阿辽沙感到事态已变得越来越严重了。他要米嘉千万别冲动用事，然后连忙出发去找父亲要钱，即使明知不可能，他也要帮米嘉试一试，至于找卡捷琳娜的事就只能暂时延后了。

性格决定命运，米嘉的这种矛盾性格也注定将为他带来悲剧的命运。后来佐西玛长老告诉阿辽沙，他向米嘉行跪拜大礼，其实是在向他将来要受的大苦大难行礼。

因为他从米嘉的眼神中已预感到即将到来的噩运，他也希望阿辽沙还来得及阻止悲剧的发生。然而我们已经知道，米嘉已暗中被钉在了十字架上。

Step 4

阿辽沙告别米嘉后来到父亲家中，发现父亲正坐在餐桌旁享用餐后甜点，伊万也坐在旁边喝着咖啡，格里果利和斯乜尔加科夫则侍立在桌旁。

格里果利是卡拉马佐夫家的老仆人，米嘉他们三兄弟都受到过他的照顾。斯乜尔加科夫是他的养子，是他捡来的。当时，婴儿旁边躺着他的母亲，已经因为生产而去世。那个女人是城里人人都认识的一个痴呆女，有传言说费奥多尔曾和她发生过关系，这个婴儿的父亲很可能就是费奥多尔。费奥多尔对这些传言不以为然，还给小孩取了名字，也就是斯乜尔加科夫。

斯乜尔加科夫被格里果利夫妇抚养长大，成了费奥多尔的贴身仆人。他平时沉默寡言，干活利索能干，还做得一手好饭菜，深得费奥多尔的信任。

阿辽沙走进屋时，费奥多尔正在和大家讨论着有没有上帝的问题，他见到阿辽沙进来，忙招呼他坐下，把他也拉进了争论中。

就在他们激烈讨论时，米嘉闯了进来叫嚷着要寻找格露莘卡，还一把将诬陷他偷钱的费奥多尔掀翻在地。直到阿辽沙威严地呵斥米嘉，说格露莘卡根本没来过，米嘉才离开。这段突然的插曲终于平息了下来。

第二天，阿辽沙再次回来看望父亲，这次阿辽沙从费奥多尔口中得知了一个惊人的消息，伊万这次回来住在家里这么久，其实是为了抢走米嘉的未婚妻。

原来，在卡捷琳娜提出订婚时，米嘉并没有马上答应，他觉得自己又穷又混蛋，根本配不上她。那时伊万正好也在莫斯科生活，米嘉便写信给伊万让他去看望卡捷琳娜。但他没想到的是，伊万也爱上了卡捷琳娜。

对卡捷琳娜来说，在内心深处她爱的是伊万；但理性上，她认为自己应该爱米嘉。她想要报恩，也想信守承诺，所以即使知道了米嘉的所作所为，她也表示绝不抛弃米嘉，要一生一世都跟随他，把一生都奉献给他。

伊万非常清楚卡捷琳娜矛盾而纠结的内心，然而他已经不打算再等下去了。在和阿辽沙有过一番推心置腹的谈话之后，伊万回到费奥多尔家中，准备第二天就收拾行李离开。他已下定决心，要和当初吸引他来这里的一切断然决裂。

在大门口，他遇见了坐在长椅上的斯乜尔加科夫，此人仿佛特意在等他。斯乜尔加科夫建议伊万去切尔马什尼亚谈一笔生意，又预言明天自己可能会摔一个长跤，接着发作一个时间特别长的羊痫风，因为只有这样他才不会被当作米嘉的同谋犯。

这番奇怪的话引起了伊万的好奇，他问斯乜尔加科夫，米嘉为什么会把他当作同谋犯。斯乜尔加科夫回答说，因为他把一个秘密告诉了米嘉。

原来，自从上次被打后，费奥多尔极度害怕米嘉上门找麻烦，所以一到晚上就门窗紧闭。

但他又怕错过了格露莘卡的到来，便让斯乜尔加科夫在院子里巡视，半夜前都不得睡觉。

如果格露莘卡来了，就立刻敲门通知他，暗号是两下慢，三下快。

这个秘密本只有他们主仆二人知道。但在米嘉的一再逼问下，斯乜尔加科夫迫不得已把暗号告诉了他。所以斯乜尔加科夫说他要装病，万一米嘉做出什么疯狂的事，他也好撇清干系。

他还给伊万算了一笔账，如果费奥多尔和格露莘卡结婚，伊万他们三兄弟一分钱都得不到。

但如果在这之前老爷子就归天了，那么他们兄弟每人马上就能稳稳到手四万卢布，因为老人家还没立下遗嘱。

而对于这些情况米嘉也都一清二楚。所以，他暗示伊万赶紧动身去切尔马什尼亚，撇下这里的一切什么都不要管，等到事情过后再回来。

伊万对他的话没有做出明确表示，只说自己本来就打算明天离开的，说完就匆匆走进了屋子。

Step 5

听了斯乜尔加科夫的话后，伊万一夜思绪万千，难以入睡。半夜时分，他还一心想下楼去，把斯乜尔加科夫痛打一顿。除了这种愤恨，还有一种无法解释又相当丢人的胆怯心理，搅得他不得安宁。有好几次，他蹑手蹑脚地把门打开，走到楼梯上听下面屋子里的动静，听费奥多尔在楼下窸窸窣窣走动的声音。至于为什么要这样做，他自己也不知道。

就在即将入睡时，伊万还没有决定到底要不要离开，可是早晨睁开眼时，他的第一个动作就是着手整理行装，随后登上马车朝火车站飞奔而去。坐在火车车厢里的时候，伊万想着从此就与过去的世界一刀两断了，他将到新的世界去，到新的地方去。

但笼罩着他的却并非欣喜，而是一阵悲凉。他觉得自己是个伪君子。

与此同时，斯乜尔加科夫果然发病了。他到地窖里去取东西时，从最高一级台阶上摔了下去，因受到震荡而导致癫痫发作。

费奥多尔觉得这天的倒霉事真是一桩接一桩，斯乜尔加科夫发病了，格里果利也因为腰痛请了病假，这下晚上彻底没人帮他巡视宅院了。入夜以后，费奥多尔便把自己独自关在屋里，竖起耳朵倾听窗外的动静，生怕错过格露莘卡的敲窗。

可格露莘卡真的会来吗？她真的会为了三千卢布投入费奥多

尔的怀抱吗？这天晚上，在所有与她相识的人中间，或许只有阿辽沙知道她的心意。

说来也巧，阿辽沙出门散心时遇到了盛装打扮的格露莘卡，她神情焦灼，似乎在等什么人。见到是阿辽沙来了，她仿佛松了一口气，她这时最怕的就是米嘉的出现，为了摆脱米嘉，她还骗他说自己整晚都会在库兹马那儿。

格露莘卡向阿辽沙坦白，她在等旧情人来接她，拿米嘉寻开心只是为了让自己忘掉那个负心汉。她以为阿辽沙一定会指责她玩弄了米嘉的感情。但阿辽沙却只是安慰她，并且支持她把过去的事一笔勾销，去和心爱的人一起开始新生活。就在他们说话的时候，马车到了。

格露莘卡跑着跳上马车，又回头冲着阿辽沙大喊，要他代为向米嘉致歉，并告诉米嘉她曾爱过他一小时。说完这几句，她已泣不成声。

这个夜晚注定是一个不平之夜。就在格露莘卡驱车奔向旧情人时，米嘉正被借钱的事弄得焦头烂额，狼狈不堪。他觉得自己必须把欠卡捷琳娜的三千卢布还上，为此他到处奔波向人借钱，可是没有一个人愿意借钱给他。

米嘉像个小孩子一样在街上边走边哭，一不留神撞上了在库兹马家服侍的老妈子，得知格露莘卡在库兹马那儿只坐了一会儿就走了，连忙跑去格露莘卡家。找不到格露莘卡的米嘉便认定她肯定是到费奥多尔那儿去了，于是随手抓起桌上的一根铜杵跑了出去。

米嘉翻过围墙，纵身一跃跳进了父亲的花园里。院子里静悄悄的，他无法确定格露莘卡究竟在不在屋里。他想起斯乜尔加科夫告诉他的那个暗号，便伸出一只手在窗框上轻轻敲了几下，表示“格露莘卡来了”。

费奥多尔听到敲窗声，很快跳起来跑到窗前，呼喊着格露莘卡的名字，他激动异常，差点儿背过气去。

米嘉这下可以确定格露莘卡不在房间了，他躲在一旁窥视着老头儿的一举一动。一股恶心的感觉在不断加剧，眼看快要冲毁理智的堤坝，令他做出可怕的事来。就在这时，格里果利的突然出现使他清醒了过来。

原来，格里果利不放心院子无人值守，坚持出来巡夜，真巧遇到了这个“杀父的恶魔”。

格里果利立刻大叫起来，声音响彻街坊四邻，但再也没叫出第二声，他就倒下了。

是米嘉慌乱中将铜杵砸了过去，眼下米嘉心里惦记的只有格露莘卡，他扔下格里果利，翻过围墙头也不回地狂奔而去。

格里果利生死未卜地躺在了花园里，而屋内的费奥多尔也同样生死不明。

Step 6

从父亲家逃出来后，米嘉再次来到格露莘卡家，终于从女仆口中得知格露莘卡连夜去莫克罗耶找旧情人去了。米嘉只觉得万念俱灭，打算亲手结束自己的生命。只是米嘉想在自杀之前再见格露莘卡一面。

但事情的发展却朝向了谁也没有想到的方向。格露莘卡见到了初恋情人，但这个人完全不是她记忆中的样子了，她跟他一句话都没法交谈下去。就在她心灰意冷时，米嘉策马狂奔而来。

见到米嘉的那一刻，格露莘卡才意识到原来自己爱的是他。米嘉听到格露莘卡表白，简直欣喜若狂，和驿站里的所有人一起喝酒狂欢起来。他不想自杀了，他要抱着美人远走天涯。

只是这美梦才做到一半就被叫醒了。检察官和警察出现在驿站，告诉米嘉他的父亲被杀死在家中，而最大的嫌疑人就是他，案情的最大疑点集中在米嘉来路不明的钱财上。

米嘉坚称自己既没有打死父亲，也没有拿什么钱。至于这买酒作乐的钱，是卡捷琳娜交给他的三千卢布。一个多月前，他的确大肆挥霍了一番，但只花了一半，另一半被他留了下来，谁也没告诉。而他两次挥霍到底花了多少钱，也没有人能说得清，于是警察决定先将米嘉拘捕，等候法院的最终审判。

就在费奥多尔死后的第五天，伊万从莫斯科回来了，他去见了斯乜尔加科夫三次，只为了搞清楚到底谁是凶手。在第三次，也就是开庭的前一天，面对伊万的一再追问时，斯乜尔加科夫终于说出了事情的全部经过。

他原本的计划是，假装发病，洗脱自己的作案嫌疑，然后趁米嘉干掉费奥多尔后，溜进房间偷走三千卢布，再拿着这笔钱去国外生活。但那天夜里米嘉没有动手就跑了。

于是他打算亲手杀死费奥多尔再把钱拿走。他用暗号骗费奥多尔打门，趁其不备用镇纸砸碎了他的脑壳。随后，他藏好凶器，拿走钱，然后回到床上继续装病，并故意大声哼哼，将格里果利的老伴吵醒，让她成了唯一的证人。

听到事情的真相，伊万瞬间崩溃了。斯乜尔加科夫见状感到十分不解。他不明白伊万怎么会吓成这个样子。直到回到公寓，伊万仍没有从惊吓中缓过神来，当天夜里他就陷入了魔怔。

开庭的这一刻终于到了。法庭上，检察官和辩护律师各执一词，但无论是作案时间还是作案动机，米嘉似乎都无法摆脱自己的嫌疑。令人意外的是伊万出现在了法庭，他将斯乜尔加科夫告诉他的一切都说了出来。

就在伊万的发言结束，人们以为米嘉的审判迎来转机时，更令人意想不到的转折出现了。卡捷琳娜突然声称还有一件事要交代。卡捷琳娜原本是来证明米嘉清白的，但见到伊万在法庭上主动自首时，她似乎突然明白了自己对他的感情。为了洗脱伊万的嫌疑，她立刻站了起来，当庭推翻了自己之前的证词，并拿出了一项可以证明米嘉杀人的“铁证”。在信上他发誓第二天就弄到钱还给她，还说他要去找父亲，砸碎他的脑壳，把他枕头底下的钱拿来。

米嘉辩解说这是他喝醉了酒写的胡话，但由于信中的诸多细节与犯罪现实高度吻合，任谁也不会相信他是无辜的了。

而唯一能证明米嘉清白的只有斯乜尔加科夫，但就在开庭前一天夜里，他在家中上吊自杀了。伊万因为高烧生病，所说的话也没有被法庭采纳。最后，米嘉被判决为有罪，可能面临二十年的苦役刑罚。

几乎快要被心魔逼疯的伊万，在庭审过去五天后，仍旧处于昏迷中。他曾策划要帮米嘉逃走，但随着他陷入昏迷，这一计划便落在了阿辽沙和卡捷琳娜的身上。

随着案件的判决结束，《卡拉马佐夫兄弟》的内容也结束了，由于作者没能写完下一部作品，这些人物的命运也在此戛然而止。

Step 7

在这部宏大的小说里，我们不仅感受到作品主题的恢宏力量，更领略到了作品语言磁石般的魅力和挥之不去的心灵震撼。

陀思妥耶夫斯基十分擅长刻画人物心理。他对人性的洞察，以及对人类感情活动的细致观察，甚至走在了许多专业心理学家的前头。他笔下的许多主人公行为从不前后一致，性格经常反复多变。他们可以做出最疯狂残忍的事，同时又兼具深刻的同情心，他们可能既勇敢又软弱，也可能对同一个人既爱又恨。

卡拉马佐夫家的老大米嘉，是一个典型的极端性格拥有者。他身上继承了父亲的荒淫好色，又有着受继母家族影响的对上帝的虔诚。他做事极端，不计后果，又多愁善感，常常处于自责之中。

米嘉最大的特点是能够在生活中同时容纳两种截然相反的体验，并且做出两种截然相反的决断。比如他一方面挥霍无度，荒淫好色，另一方面却又疯狂地要恪守自己的名声，坚决不肯做贼，无论如何也要还上欠卡捷琳娜的钱。

在米嘉身上，我们看到许多截然相反的品性自然地融合，一开始的确有些惊讶，但逐渐又会发现这样的相容是多么真实。世间没有绝对完美的人，也少有绝对的恶与善，多的是天使与魔鬼的结合体。

鲁迅评价陀思妥耶夫斯基是“残酷的天才”，是“人的灵魂的伟大审问者”。因为他“把小说里的男男女女，放在万难忍受的境遇里，来试炼他们，不但剥去了表面的洁白，拷问出藏在底下的罪恶，而且还要拷问出藏在那罪恶之下的真正的洁白来”。

书中另一位被放在“万难忍受的境遇里”试炼的人物，是卡拉马佐夫家的老二伊万。他外表冷峻，很有思想，对人生和社会都有一套自己的见解。

一方面他认为上帝并不存在，所以现有的道德准则都不起作用，认为什么都可以做，甚至包括犯罪。但另一方面他的内心却很痛苦，因为在他心里，上帝是否存在这个问题其实并未解决。所以，当他发现杀人凶手是斯乜尔加科夫后，良心受到极大的煎熬，并最终下定决心自首，承担应负的责任。

伊万对卡捷琳娜的感情也充满了矛盾。他爱卡捷琳娜，但出于内心的骄傲，又否认自己的爱。

值得一提的是，卡捷琳娜也和伊万一样是个极端分裂的人。陀思妥耶夫斯基形容他们这一对恋人“像是两个互相热恋的敌人”。直到随着案件的审判，伊万走上法庭自首，卡捷琳娜对伊万的感情才终于冲破了理性的藩篱爆发出来。

当我们读到他笔下的这些人物时，起初难免会为他们的行径感到困惑，甚至还会为他们的疯狂与分裂所激怒。但无论是困惑还是生气，我们都无法弃之不顾，因为他们所展示的许多特征，正是深藏在我们心中，却又被我们所拼命否认的。

陀思妥耶夫斯基所着力塑造的，不是道德高尚、无懈可击的伟人，而是鲜活有力、单纯又复杂的各色人物。就如他自己所声称的，他笔下的古怪角色比真实更真实。在这些古怪而真实的人身上，我们仿佛看到了自己。

实际上，每个人都是矛盾的集合体。善与恶、好与坏、自私与无私、畏首畏尾与无所畏惧，所有这些矛盾其实都悄悄潜伏于我们身上，彼此妥协共存共生。只不过我们在理性上还不知道，或者知道了却不愿承认罢了。

而陀思妥耶夫斯基所描绘的，正是这同时向往着上帝和魔鬼的矛盾心灵，是无奇不有、矛盾百出的古怪行为。这是陀思妥耶夫斯基的伟大与过人之处，也是他的迷人之处。

即使我们无法认同他关于上帝与魔鬼的理论，即使我们和他有着截然不同的人生信仰，我们也依然会被他笔下那些混乱、散漫、疯狂、骚动的灵魂所吸引，一看就无法放下，放下之后也久久无法平息激动的心绪。

Chapter 8

解忧杂货店·微小却长存的善意

『每一个选择只要努力过，都是正确的选择。』

东野圭吾最受欢迎的作品，五十万豆瓣读者高分力荐。讲的是一家杂货店可以连接过去与未来，当你站在人生的岔路口挣扎犹豫时，杂货店能解决你的烦恼。

Step 1

在一个深夜里，敦也、翔太、幸平三个人开着偷来的汽车逃跑。途中汽车突然抛锚了，无奈之下，三人只好逃入附近的“浪矢杂货店”躲避。

“浪矢杂货店”是一家店铺兼住家，房子并不大。住家的部分是木结构的日本建筑，门面不到四公尺宽的店铺拉下了铁卷门。铁卷门上没有写任何字，只有一个信件的投递口，旁边有一栋看起来是仓库兼停车场的小屋。

三人进了屋，东翻西找点亮了蜡烛，然后盘腿坐在榻榻米上，静静等待天亮。此时，刚过深夜两点钟。

这时门口突然传来一阵动静，把因为身在陌生环境而精神紧张的三人都吓了一跳。起身一看，发现有什么白色的东西掉在了铁卷门前的纸箱内。敦也用手电筒照了照，发现是一封信。

三人紧张又惊奇地看着那个署名“月亮兔”的信封，不知如何是好。无数次心理斗争后，三人满怀好奇、战战兢兢地拆开了信件。

那的确是一封很奇妙的信。写信人叫月亮兔，是一名体育运动员，还入围了奥运会。但她深爱的男友却在此时得了癌症，时日无多。她既想陪在男友身边，又想参加训练，因此迷茫无措，写信前来咨询。

三个人看完信后忍不住面面相觑，他们不明白这个女孩为什么要写信寄到这么一个荒凉破旧、无人居住的杂货店来。正困惑时，他们偶然在角落里发现一本杂志，从上面的报道他们知道，浪矢杂货店确实有一位老爷爷在帮助人们排忧解难。只要在晚上把写了烦恼的信丢进铁卷门上的投递口，隔天就可以在店后方的牛奶箱里拿到回信。

但那份报道是四十年的！他们不敢相信至今仍有人会写信来咨询。敦也坚持不要理睬，翔太和幸平却在一番挣扎后决定回信。幸平回复道："你辛苦了，我很理解你的烦恼，目前想到一个方法，你出门集训和比赛时，是不是可以带你男朋友同行呢？对不起，只能想到这种普通的方法。"

随后，他们将信折好，投进了牛奶箱。神奇的是，放到牛奶箱的信一转眼便不见了，更神奇的是，他们很快便收到了第二封来信和第三封来信。

他们惊讶地发现，虽然已经在浪矢杂货店待了一个多小时，但在这段流逝的时间内，头顶的月亮竟然没有丝毫的移动。简单来说，就是这个杂货店同时连接了过去和未来，这简直是一件超出他们想象的事情！但又确实真真切切地发生了。

三人陷入了混乱，不知该如何是好。敦也提出离开，翔太和幸平却不想走，他们不想浪费这个能够帮助到人的、千载难逢的机会，他们想帮助兔子小姐解决烦恼。

敦也在一气之下离开了，在外面买了点东西，兜兜转转后却又回到了这里。明明只离开了十五分钟，翔太和幸平却表示，时间已经过了一个多小时。

二人兴奋地说，他们猜到了月亮兔小姐所处的年份是 1979 年，同他们的父母差不多大。他们想告诉月亮兔，1980 年日本被抵制参加奥运会了，她是无法参加比赛的，却不知该如何启齿。

于是他们直接回复道："既然爱他，就应该陪在他身旁直到最后一刻。"不问缘由，只为真心。因为在月亮兔心里，或许早已做了决定，或许只是需要有人肯定她的决心而已。

数次写信回信后，月亮兔最终没能参赛，但她陪着男友走完了人生的最后一程，因此特地在一年后写信来表示感谢。男友在临终前对她说："谢谢你带给我的梦想。"他脸上的安详表情，就是对月亮兔最大的犒赏。虽然她最终还是无法参加奥运会，但却得到了比金牌更有价值的东西。

其实每个人都是自己的"牛奶箱"，那些藏在心底的挣扎，往往都是早已决定了的，那就是最好的答案。

敦也、翔太、幸平三人收到这封久违的感谢来信后，先是默然不语，随后都开心地大笑起来。他们为自己帮助了别人而快乐，也为最终得到了圆满结局而欣喜。

Step 2

这是克朗第二次来“丸光园”孤儿院慰问演出。演出中，克朗注意到一个小女孩，她坐在舞台下，但视线看向别处，完全没有注意克朗。她隐约带着忧郁的表情吸引了克朗，惹得他更加卖力地演出，试图吸引女孩的注意。

最后一首是克朗的原创曲目，一首三分半钟的口琴曲。演奏完毕时，体育馆内鸦雀无声，就连那个女孩也专注地看着他，这让克朗不由得心跳加速。

后来，在与女孩无意间的交谈中，克朗了解到她叫水原辰，对音乐极有天赋，仅听过两遍的曲子，就能将它哼唱出来。

女孩问：“这首曲子很棒，我很喜欢，没有曲名吗？”

克朗告诉她：“有的，叫《重生》。”

女孩接着问道：“你不当专业歌手吗？”

“专业歌手吗……不知道呢……”克朗偏着头，努力掩饰着内心的起伏，他的脑海里浮现出多年前的记忆。

“我要走音乐这条路，继续读大学没有意义。”从大学经济系休学的克朗这么告诉父亲时，父亲气坏了，当晚就和母亲一起赶到了东京。

父母对他说，既然已经休学，不如立刻回老家继承鲜鱼店。克朗要继续留在东京，直到达成他的音乐目标。

然而事与愿违，在那之后的三年里，克朗处处碰壁，不受赏识，却也在此时得到了祖母病逝的消息。

克朗请假回家奔丧，见到父亲时，克朗差一点没认出来，因为他变得太瘦了。母亲对他说：“虽然你父亲自己还在逞强，但他毕竟已经六十多岁了。”

“有这么大岁数了……”克朗呆呆地望着父亲单薄的背影，有些心酸和哽咽。夜深人静时，克朗无法忍受心底的愧疚，离开集会所出门透气。他走着走着，便无意中走到了浪矢杂货店的门前。也是在这里，他看到了骑车前来投递感谢信的月亮兔，于是萌生了向浪矢老爷爷咨询烦恼的念头。

这也就是敦也、翔太、幸平三个人后来收到的那个牛皮纸信封。

克朗不确定这里是否还有人居住，抱着半信半疑的态度投了信，就在他为自己“病急乱投医”的行为感到可笑时，却意外收到了回信。

回信里说，要他放弃音乐，继承鱼店，甚至毫不留情地指出“只有那些有特殊才华的人才能靠音乐养活自己，你不是那块料”。

克朗开始很生气，经过几次通信，克朗终于静下心来审视自己这几年的选择，最后，他打算继承鲜鱼店，没想到父亲却制止了他。

父亲告诉他，他和鲜鱼店都不至于脆弱到需要他来帮忙，既然他当初无视父母的劝阻，想要投入一件事，那就应该留下一点成就。

在父母的支持下，克朗决定再为梦想拼搏一次。离开前，他又去了浪矢杂货店，牛奶箱里果然已经躺着一封回信。

信中写道：“你在音乐这条路上的努力绝对不会白费。有人会因为你的乐曲得到救赎，你创作的音乐一定会流传下来。请你务必要相信这件事到最后，直到最后的最后。”

这次的信件一改之前批判性的言辞，让克朗有些摸不着头脑，但无论如何，这封信给了他勇气。回到东京后，克朗依旧等不来那个机会，但在一次孤儿院的慰问演出中，他从孩子们的掌声里获得了力量和快乐。

从此，克朗开始去日本各地的孤儿院表演。他会唱超过一千首小孩子爱听的歌曲，虽然他始终没有机会出道当歌手。

也正是在一次演出时，克朗从大火中救出了水原辰的弟弟小龙，但也永远失去了自己的生命。水原辰为了报恩，成为一名歌手，唱红了克朗的代表作。

演唱会上，水原辰动情地说道：“这首歌的作曲者用自己的生命救了我弟弟，如果没有遇见他，就不会有今天的我。我会一辈子唱这首歌，这是我唯一能够报答他的事。”

说完，《重生》的前奏缓缓响起……

Step 3

浪矢贵之离开车站，走在商店街上，随即转进了一条岔路，走了一阵，来到一片住宅区。最终，他在一栋小房子前停了下来——“浪矢杂货店”。

店铺有一道后门，门旁装了一个牛奶箱。十年前左右，牛奶公司每天都会上门送牛奶。母亲去世之后，家里不再订牛奶了，但牛奶箱仍然保留下来。

贵之推门进屋，看见父亲雄治跪坐在和室的矮桌前，矮桌上放着信纸，旁边有一个信封，信封上写着“浪矢杂货店收”。

浪矢雄治，便是杂货店那位传说中的“浪矢老爷爷”。在周刊杂志得知此事并来采访过后，上门咨询的人更是多了不少。虽然也有认真咨询的人，但大部分都是小孩子捣蛋，有不少一看就知道是恶作剧。甚至有人在一个晚上投了三十封写了烦恼的信，内容全都是胡说八道。

雄治对这三十封看似出自同一人之手的烦恼咨询信一一认真回复，并在早上开店之前，如约把回信放进了牛奶箱。

有一天晚上，杂货店收到了一张只写了“对不起，谢谢你”这句话的信，笔迹和那三十封信很相似。贵之永远不会忘记，父亲一脸得意地向他出示那张纸时的表情。

有一天，一位署名为“绿河”的女士写信前来咨询，信中说她怀孕了，但孩子的父亲已有妻儿。对于要不要把孩子生下来的问题，她很烦恼。这个问题让雄治大伤脑筋，迟迟不知该如何回复。贵之见状说：“那还用问吗？当然是把孩子拿掉。”

雄治“哼”了一声，失望地撇着嘴角，拍拍咨询者的来信说：“这名咨询者当然知道这个道理，她在信里说，她已经做好了心理准备。”

贵之很无语：“这还算什么咨询啊？既然她已经做好了心理准备，那就生下来啊。”

对此，浪矢雄治静静地回答道：“通常咨询者心里已经有了答案，找人协商的目的，只是为了确认这个答案是正确的。”

于是我们明白，很多看似犹豫的人，心中都有一架左右摇摆的天平。他们心中已有倾向的一端，之所以犹豫，是需要有人进一步肯定他们的决定，给他们力量。

贵之提出让雄治搬去与他同住，雄治拒绝了，他不愿意割舍为人解答烦恼这件事。两年后，雄治隐约觉得自己命不久矣，于是拜托贵之送他回杂货店再独自待一个晚上。离开之前，雄治交给贵之一封信，请求他在自己死后三十三年时，将以下内容昭告天下：

某月某日（也就是雄治的忌日）凌晨零点零分到黎明之间，浪矢杂货店的咨询窗口复活。在此拜托曾经到杂货店咨询并收到答复信的朋友，请问当时的答复，对你的人生有什么意义？有没有帮助？还是完全没有帮助？很希望能够了解各位坦率的意见，请各位像当年一样，把信投进店铺铁卷门的投递口。拜托各位了。

贵之原本对这一请求感到莫名其妙，但听了雄治接下来的这番话后，他完全无法无视这个请求了。

雄治拿出了一份剪报，那是三个月前的报纸，上面记载了一位叫“川边绿”的未婚女士开车从码头冲入海中的报道。女子不幸身亡，但车上一名年仅一岁的婴儿却安然无恙。雄治推断该女子很有可能就是当初向他咨询的“绿河”，这让他开始怀疑自己给咨询者们提出的种种答案是否正确。

“当我发现这件事时，我就无法再轻松地为别人提供咨询了。”同时雄治表示，他能从梦中预知未来会发生的事，因此他才要贵之帮他去收那些“来自未来的信件”，想知道他的答案是否对咨询者真的有帮助。

贵之虽无法相信父亲的“胡言乱语”，但还是同意了他的请求。贵之在狭小的 CIVIC 车内醒来时，天才蒙蒙亮。他打开车内的灯，确认了时间，还差几分钟就是清晨 5 点了。

他走进杂货店，目瞪口呆地看着面前一桌子“来自未来的信”。随即他惊叫了一声，因为那些信不是手写的，而是白色的纸上打印的文字。事实面前，贵之不得不相信这一切。雄治让贵之阅读了其中几封信，信的内容让贵之大受震撼。

Step 4

浪矢杂货店的第一封信，来自一个小孩子，他的提问是："有什么办法可以不用读书，就能考一百分？"

浪矢老爷爷的回答很了不起："可以拜托老师出一张关于你的考卷。所有题目都是关于你，你写的答案就是正确答案，这样就可以考一百分。"

在当时还是孩子的咨询者看来，这回答根本就是在骗人，但不得不说，这个答案给他留下了极其深刻的印象。直到多年过去，当初的小鬼成为一名老师，他才知道这个回答有多了不起。

在他执教后不久，就遇到了瓶颈。班上的学生无法向他敞开心房，他想起了浪矢老爷爷的回答，让学生做了一次"朋友测验"，随意挑选班上的一位同学，出题讨论关于那位同学的各种问题。考了两三次之后，同学之间的感情越来越好。这对当时还是菜鸟老师的他来说，是一次极其宝贵的经验，让他有自信在教师这条路上越走越远。这一切都是拜浪矢杂货店所赐，因此四十年后，他写信来表达感谢。

于是我们知道，每一份小小的善意，都隐藏着巨大的能量，在未来某一天的狂风暴雨中，成为指引他人内心方向的灯塔。

第二封信，来自当年的咨询者"绿河"幸存的女儿。信中说，在她一岁的时候，母亲不幸在车祸中丧生，因为原本就没有父亲，她便被送进了孤儿院。

一次偶然，她看到了当年的报道，发现母亲并不是意外身亡，而是想带着她一起自杀，这对她造成了强烈的冲击。

她像是钻进了死胡同，满脑子只想着自己早就该死了，根本不应该活在世上。因为痛苦，她多次自杀未遂，还患上了抑郁症，不愿意见到任何人，不想说话，不想面对这个残酷的世界。

直到有一天，她在孤儿院的好朋友来看望她，向她讲述了有关她的身世。川边绿死亡时瘦骨嶙峋，体重仅有三十公斤，但她身边的婴儿却超过十公斤，可见她对婴儿的悉心照料。因此，她绝对不会带着孩子自杀。

朋友还带来了孤儿院保存良好的几封信件，便是浪矢老爷爷当初写给川边绿的回信："最重要的是，能不能让生下来的孩子得到幸福。即使父母双全，也未必代表孩子一定能够幸福。如果无法做到为了孩子的幸福愿意付出一切代价的心理准备，即使有丈夫在身边，也最好不要生下孩子。"

这说明，川边绿做好了充分的心理准备能够让孩子幸福，所以才会生下她。

那天之后，川边绿的女儿再也没有觉得自己不该来到这个世界。从网络上，她知道了有关浪矢杂货店的那则通告，因此特意写信来表达感谢。而那个向她讲述身世、带给她力量的朋友，就是被克朗救了弟弟的"天才歌女"水原辰。

读完信后，贵之表示，这些信都是父亲的宝贝，一定要好好保存起来。雄治却面带忧色："我来日无多，如果把这些信留在身边，万一被别人发现就糟了，因为这些信上所写的都是未来的事。"

最后，贵之答应在雄治去世后将信件一起放入棺材。

就在他们打算离开的时候，店铺里又传来了动静，一封新的信件投进了铁卷门下的投递口。奇怪的是，这封信是一张白纸，上面一个字也没有。

贵之猜测可能是恶作剧，雄治却说：“也许这个人还在犹豫，还没有找到心中的答案。”于是他像往常一样，耐心地提笔回复。

一年后，雄治去世了。

就是在这段时间里，贵之遇到了击剑队员月亮兔。据月亮兔说，虽然她最终没能参加奥运会，但她陪男友走过了生命的最后一程，她很感谢浪矢先生的回信，给了她力量和信念。

奇怪的是，月亮兔投递信件的时候，浪矢雄治已经住院了。也就是说，那封回信并不是雄治回复的。这让贵之有些摸不着头脑。

时光飞速来到了2012年9月，年迈的贵之信守承诺，要求孙子骏吾将父亲当年的遗言发布在网络上。骏吾虽感觉奇怪，但还是照做了。

至此，整个故事断掉的链条重新连接起来。过去和未来，陌生与熟悉，心灵与心灵，紧紧相连，彼此温暖。

Step 5

因为堂哥的原因，和久浩介喜欢上了摇滚乐队披头士。自从堂哥开机车失事死亡后，浩介便接收了他手中披头士的全部唱片。那时候，浩介的家境很好，父亲是做生意的“大老板”，能给他买最新型的增幅器和扩音喇叭组成的系统音响，惹得同学们一片羡慕。

然而，从某个时期开始，浩介感觉到生活出现了微妙的变化。比方说他的运动服。运动服小得很快，以前母亲都会立刻帮他买新的，但这次却有了不同的反应：“你再凑合着穿一阵子，即使买新的，也很快又会变小了。”

家里不再举办烤肉派对，假日的时候，公司的下属不再来家里玩，父亲贞幸也不再出门打高尔夫，他的爱车从车库消失了，他开始每天搭电车去公司，纪美子也不再血拼，夫妻两人整日为了钱的事争吵，闷闷不乐。

就在这时，浩介听到了一个令人难以置信的消息——披头士解散了。

浩介把自己关在房间里，整天郁闷地想着披头士的事，不久之后，得知《Let it be》这部电影推出的消息。听说只要看这部电影，就可以知道他们解散的理由。光是想着那部电影在演什么，浩介就无法入睡。

有一天晚上，浩介像往常一样在房间里听披头士的歌，母亲走进来告诉他，月底就要搬家，让他收拾一下。而且，搬家的事不可以告诉任何人。浩介顿时有了不好的预感，问道：“我们要跑路吗？”母亲没有回答，搬家已经是一件无法反抗的事情了。甚至，浩介唯一的乐趣也被剥夺了，贞幸卖掉了他的音响。

从父母的谈话中，浩介大致了解到，父亲非但不是成功者，反而是个卑鄙小人，公司的经营出了问题，在欠下大笔债务后，他打算丢下员工一逃了之。这让浩介陷入了烦恼。一次偶然，他来到了解忧杂货店，抱着试一试的心态，投递了咨询信。回信说，最好的方法，就是请浩介的父母放弃跑路的念头。跑路或许可以得到暂时的轻松，但并不是长久之计。

回信中，还请浩介回答一个问题：“你对父母有什么看法？你喜欢他们吗？讨厌他们吗？信任他们吗？还是说，你已经无法再相信他们？”

浪矢爷爷还在第二封回信里说：“如果可以，希望你的父母能够改变跑路的心意，但如果无法改变，你就应该跟着父母走。因为无论发生什么，一家人都必须一起面对。只要全家人在一条船上，就有可能一起回到正轨。”

这番话让浩介深受感动，也坚定了和父母共同面对苦难的决心。离开之前，浩介去看了披头士的电影。影片是披头士最后一场现场演唱会，却没有哪位成员陷入感伤，这让浩介觉得遭到了背叛，于是将所有唱片低价卖给了别人。

父亲听说他卖的低价后很生气，直到逃跑路上，还在为了一万日元跟儿子计较。于是浩介趁着休息时，偷偷坐上了一辆开往他乡的卡车。孑然一身的未成年人浩介被警察带到了警局，他上报了假名字“藤川博”，后被送到了丸光园孤儿院。在那里，他显示出了巨大的雕刻天赋，并以此谋生。十八年后，浩介看到了解忧杂货店将限时开放的消息，于是他回到了那个熟悉的小镇。在一家居酒屋里，他听说了父母带着“自己”投海自杀的消息，父亲留下了遗书，母亲和“自己”的尸体却没有被找到。这消息让浩介大为惊讶。

原来贞幸和纪美子发现儿子失踪后，放弃了原本的跑路计划，决定自杀，并用这种方式从这个世界带走了和久浩介这个人。正是因为父母的成全，才有了今天的自己。顿时，后悔和自责涌上浩介的心头。也许浪矢爷爷的建议才是正确的，只要全家人在一条船上，就有可能回到正轨，因为自己当时选择了逃走，所以那艘船失去了方向。

感受到父母深深的爱意，浩介决定写下善意的谎言，告慰浪矢爷爷的在天之灵：“我听从了您的建议，决定跟父母一起走，我们一家人最后摆脱了苦难。这一切都是拜浪矢爷爷所赐，所以忍不住提笔表达感谢。”

浩介拿起酒杯，喝着威士忌。他静静地闭上眼睛，为死去的双亲祈祷。

Step 6

我们的视线将重新切回“小偷三人组”。

原来，敦也、翔太、幸平三人也是在丸光园孤儿院长大的孩子，从小就听说过“天才歌女水原辰弟弟被救，水原为报恩唱红《重生》”的故事。但他们没想到的是，那个曾向他们咨询的克朗，竟是几十年前《重生》的作者。克朗收到的回信，自然也是出自这三人之手。

敦也一直想尽快离开杂货店，翔太和幸平却想继续帮人回信解答困惑，正如幸平所说：“像我这种脑筋不灵光的人，活到这么大，好像今天晚上第一次对别人有帮助。”听罢，敦也皱起了眉头：“所以即使根本赚不了一毛钱，你还是想继续为别人消烦解忧吗？”

幸平说：“这不是钱的问题，赚不了钱也没关系。以前我从来没有像这样不计较利益得失，认真考虑过别人的事。”

就在这时，三人从手机上看到了浪矢杂货店将复活一晚的通知，通知上写着：“9 月 13 日是杂货店老板去世三十三周年，所以想到用这种方式来悼念……”

今天刚好是 9 月 13 日，于是他们猜测，可能正是因为在这个时间的突然闯入，才莫名与过去联结起来。就在他们震惊不已时，铁卷门发出了声音，又一封信送到了。

署名是“迷茫的汪汪”，信中说，她白天在公司上班，晚上去酒店工作。为了使赚钱的效率更高，她打算辞掉白天的工作，专心当她的酒家女，此番来信，就是询问要不要这样做？敦也认为她这是乱来，翔太却表示理解：“我想要支持她，我觉得她并不是抱着轻率的态度写这封信。”

敦也说：“这和轻不轻率没有关系。我赌她在全职当了酒店小姐后爱上一个坏男人，最后生下没有父亲的孩子，给周围人添麻烦。”

其实敦也刚才打赌说的不是别人，正是他的母亲。敦也的母亲在二十二岁时生下他，父亲却在他出生之前突然失踪了。自敦也懂事以来，母亲身旁就一直没断过男人，甚至有个男人总莫名其妙地对敦也动粗。终于有一天，敦也因为难忍饥饿，偷了路边摊的烤串被抓。三个月后，他被送到了丸光园孤儿院。

其实，那些从未被善待过的人，反而最能识别善良，也最能珍惜善良。

三人经过一番讨论，回信规劝道：“赶快辞去酒店的工作，你简直是乱来。”之后收到的回信里，对方说自己是丸光园孤儿院的孩子，从小失去父母，被亲戚收养后想要报答，但亲戚年事已高，她怕自己没有太多时间。

有一位客人答应资助她开店，前提是要她当他的情妇，她是很认真地在考虑这件事，因此才会写信咨询。

这位“迷茫的汪汪”本名叫做晴美，父母在她五岁时车祸身亡。没有人愿意收留她，只有田村夫妇向她伸出了温暖的手。在那个家里，她认识了击剑的静子，而这位静子，便是第一个故事中的咨询者“月亮兔”。

提起解忧杂货店，静子说：“我觉得老板很厉害，多亏了他，我才能够毫不犹豫地投入击剑训练。”

正因为听到这样的赞誉，晴美才产生了写信来咨询的想法。翔太等三人的回信给晴美指出了“当情妇”的另一条路，这条路令她大惊失色。信中提出要她在接下来的五年内，彻底钻研证券交易和买卖不动产方面的知识，并且存钱购买不动产。

信中甚至明确指出：1986年后要进行“炒房”，然后把炒房赚到的钱投入股市。进入1990年后，要靠自己经营事业，脚踏实地赚钱，尽快开始做利用网络的生意……

这些预言对晴美来说简直就是天方夜谭，但那笃定的语气，却又让她不得不赌一把。而最终，这些看似不可能的“预言”竟全部实现了，晴美变成了一个极为富有的女强人。

但在这时，丸光园孤儿院却发生了问题。自从院长去世后，孤儿院正规职员的人数减少了一半，取而代之的是很多有着奇妙头衔的临时职员，有人甚至利用孤儿院做不法勾当……

晴美认为只有自己能够拯救丸光园，于是她打算把孤儿院买下来重建。但这个过程并非一帆风顺，甚至引来了很多人的猜忌和报复。

Step 7

一次偶然，晴美看到了“浪矢杂货店只限一晚复活”的消息，这个杂货店帮助她太多，于是她打算重回故地，写信表达感谢。

晴美原本打算直接去浪矢杂货店，但因为离午夜十二点还有一些时间，便决定先回养父母家放东西，她今晚打算住在这里。

晴美刚进门就被人用力抓住手，还来不及叫出声音，她又被捂住了嘴。

“不许动，只要你乖乖听话，不会对你不利。”对方表示要跟晴美谈话，晴美点了点头。

晴美问道：“你们为什么要来我家闯空门？”带头的男人迟疑了一下说：“没有特别的理由。”

“难道你们不是特地调查了我吗？一定有什么理由。”

一阵沉默后，另一个男人问道：“你真的打算要盖旅馆吗？”

晴美这时才明白，原来这些人以为她买下丸光园孤儿院是为了盖旅馆挣钱。于是她反驳道：“我买下丸光园是打算好好重建。”

“大家都说你在骗人。”带头的人插嘴说。最后，他们打算先开晴美的车离开。这个决定让晴美大惊失色，因为那封写给浪矢杂货店的信就在车里。

故事已经接近尾声，但我们似乎从未提过敦也、翔太、幸平三人盗窃的起因。原来在上个月初，翔太得到消息，曾经照顾他们的孤儿院陷入了困境，有一个女老板打算买下丸光园，说是要重建，但他们觉得八成是在骗人。于是三人决定去偷那个女老板的钱，他们来到她家里，谁知却刚好撞上她回来。

是的，那几个开走晴美车子的盗贼，正是帮她走向成功的这三个人。

杂货店内，敦也确认了手提包里的钱，与此同时他们发现了那封写给解忧杂货店的信。信中写道："不知道您还记得吗？我是在 1980 年夏天写信给您，署名为'迷茫的汪汪'的那个人。"

看到这句话的一瞬间，三人的心脏差一点从嘴里跳出来。敦也注视着翔太的眼睛，他的眼睛发红，泛着泪光。翔太说："我决定相信她。"

就这样，三人决定回去晴美家，帮她松绑，并归还偷的东西。

"之后呢？要逃吗？"幸平问。

敦也摇摇头："不用逃，等警察来。"

那个当初最冷漠的敦也，在经历了这一切后，一改之前的冷漠自私，变得勇敢无畏。从这种意义上来说，是解忧杂货店拯救了误入歧途的他们，帮他们实现了心灵的救赎与成长。

收拾好东西后，三人从后门走了出去。敦也最后一次打开信箱，发现里面有一封信。这封信便是浪矢爷爷写给那封空白信的回复。

信中这样写道："如果说，来找我咨询烦恼的人是迷路的羔羊，通常他们手上都有地图，却没有看地图，或是不知道自己目前的位置。但我相信你不属于任何一种情况，你的地图是一张白纸，所以，即使想决定目的地，也不知道路在哪里。但是，不妨换一个角度思考，正因为是白纸，所以可以画任何地图，一切都掌握在你自己手上，你很自由，充满无限可能。这是很棒的事。我衷心祈祷你可以相信自己，无悔地燃烧自己的人生。”

敦也看完信，抬起头，他看见翔太和幸平两个人眼里都有了亮光。

《解忧杂货店》读到这里，终于画上了圆满的句号。故事中的人们都是帮助与被帮助的关系，互相帮助是一个时间的轮回，也是生命的轮回，在这个轮回中，每个人都能遇见真实美好的自己。

特别是小偷三人组，在不断帮人解决疑问的过程中实现了自我的救赎和灵魂的升华。在他们当中，敦也是最不相信时间可以穿越的人，所以在小说结尾，作者东野圭吾就让敦也往信箱里投了一张白纸。看似恶作剧，却意外收到了浪矢老爷爷暖心的回答。

人与人之间的关系就像火苗，维持不够，火苗会熄灭；呵护得太过，也会遭到反噬。幸运的是，无论火苗的光芒多么微弱，只要添上一把柴，就又会熊熊燃烧。

这本书中的每个人都是独立的火苗，虽然彼此陌生，微弱渺小，但通过浪矢杂货店，他们都释放了自身最大的光和热，最终温暖了自己，也照亮了他人。

Chapter 9

偷影子的人·每个人都与众不同

『温柔地对待身边的每一个人，帮他们找到点亮生命的小小光芒。』

畅销四十九个国家，这部作品完美展现了作者温柔风趣的写作风格，清新浪漫的气息和温柔感人的故事相互交织，是一个唤醒童年回忆和内心梦想的温情疗愈故事。

Step 1

故事讲述了一个总是受班上同学欺负的瘦弱小男孩，因为拥有一种特殊的能力而日益强大：他能“偷别人的影子”，因而能“看见他人的心事”，听见人们口中不愿说出的秘密。他开始成为需要帮助者的心灵伙伴，为每个偷来的影子找到点亮生命的小小光芒。

故事发生在法国的一个外省小城市，主人公以第一人称向我们讲述了发生在他身边的一个个奇妙却又温暖的经历。

因为生在12月，我永远是班级里年纪最小的人，不仅总要干一些杂活儿，还常常被人欺负。我最大的对头是一个叫“马格”的恶霸，因为他将我视为头号情敌，我们喜欢伊丽莎白，尽管她从不正眼瞧我们一眼。

我有一个“忘年之交”伊凡，是学校警卫。伊凡的影子，是我“偷”的第一个影子。我看到“一个不认识的男人把我拖到花园的尽头，他抽出皮带，狠狠地教训了我一顿”。那个我，便是少年的伊凡。

伊凡问我从何得知他的隐私，我无言以对，只得搪塞他说：“我刚刚是乱猜的。”当我正为自己的“超能力”而惊慌时，得到了父母离异的消息。只是一次小小的、再正常不过的谈话，却让爸爸从此在我的童年消失了。

对这件事，妈妈什么都没说，只是偶尔会长长地叹息，然后立刻泪水盈眶。但她每次都会转过身去，不让我看到她的脆弱。

我们看着电视吃晚餐，妈妈却没心情跟我聊天，自从爸爸走后，她几乎不怎么开口，仿佛每个字都太沉重，让她无力发出音节。

伊凡安慰我："随着时间流逝，有些事情自会迎刃而解。"我总想着，也许再过一阵子，妈妈就会再到房间来跟我道晚安，就像从前一样。

父母离异的事情很快便人尽皆知。在这个小城市里，所有的流言蜚语都为人津津乐道，人人都热衷于知晓他人的不幸。

一次户外教学课程，我不幸迷了路。我用尽全力大叫，却还是得不到任何回应。于是我愈发想念妈妈，要是我回不去了，谁能在晚上陪伴她？她会不会以为我和爸爸一样离开她了？

"你在搞什么鬼啊，白痴？"

是马格找到了掉队的我，天知道那一刻他的脸对我来说有多可爱。而在跟他回去的路上，我们的影子互换了，这一发现让我既震惊又害怕。

回到家，妈妈在客厅等我，她一把将我拥入怀中，紧紧抱住我，我都快喘不过气来了。也是在那时候我明白了我对妈妈来说有多重要。

为了跟马格换回影子，我不得不小心翼翼地接近他。

"你想干吗？"

"为昨天的事向你道谢。"

"哦，好啦，你谢过了，现在可以滚一边玩弹珠啦！"受到嘲笑，我不知从哪里迸发出一股力量："我决定参选班长，我希望我们之间的账能算得清清楚楚！”

后来我才知道，这是马格的影子赐予我的勇气。

我的勇敢，帮我收获了第一个真正意义上的好朋友——吕克。他的到来，让我忘了所有不愉快的事情。

他邀请我去他家吃面包，当他坐在收银台前时，我看到了我们的将来。然后我欣喜地发现，我们的友谊竟然持续了长达一生的时光。

偷了马格的影子使我惶惑不安，拥有了突然迸发的勇气更让我恐惧不已。

爸爸说，人要学会克服恐惧、面对现实，才会成长。我正试着这么做。

我来到僻静不被打扰的阁楼，静静等待。终于，我看到我的影子沿着阁楼的木条延展，我清了清喉咙，鼓足勇气，以极其肯定的语气断言：“你不是我的影子！”

我没疯，而且我承认当我听到影子以耳语回答“我知道”时，我怕得要死。

“你是马格的影子，对吧？”

“没错。”影子在我耳边呼气，告诉了我一个石破天惊的大秘密。

Step 2

“拜托你，让我跟着你吧，我很想知道作为一个好人的影子是什么感觉。”

“我是好人？”

“你能成为好人。”

正当我们争执不下时，妈妈却听到了我的“自言自语”，我不假思索地回答我在跟我的影子说话，妈妈却说我最好去睡觉，别在那里说蠢话。

看吧，当你真心跟他们说正经话时，大人从来不会相信。

通过马格的影子，我看到了马格跟他爸爸打猎的场景。不喜杀生的马格尽可能行动迟缓，任由猎物逃窜。爸爸却骂他一无是处，只会赶出最低劣的猎物。

回家后，马格坐在晚餐桌上，爸爸在看报纸，妈妈在看电视，没有一个人开口说话。于是我明白，是原生家庭的冷漠让马格变成了现在这个样子，从这以后，我便不再恨马格了。

数学课上发生了煤气炉爆炸事件，窗户玻璃瞬间被震成碎片，我们都冲出教室，现场一片混乱。这时，我看到了伊凡的影子，它来找我去救他的主人。于是我走进冲天的黑烟中，在雪佛太太的帮助下，伊凡成功获救，我也一举成了英雄。

我想，其实每个人心中都住着勇敢，只是需要一个合适的契机将它放出来。对我来说，这契机就是朋友的生命。这件事使我获得了全班一致的支持，成了班长。只少了一票，蠢蛋马格把票投给了自己。

事件发生八天后，伊凡重回学校。他从工具间的废墟中摸出一本烧焦的旧笔记本，哭了。里面本来有他妈妈写给他的唯一一封信，而现在，只剩下灰烬。

我安慰他道："你的头没有烧坏啊，你的记忆没有消失，只要你记得。我们可以重抄你妈妈的信……"

伊凡笑了，看上去开心了很多。只是那个时候我不明白，故事远没有我想象的那么简单。

某天，妈妈告诉我，这周六早上爸爸会来接我，我们可以共度一整天。为此我感到很高兴。我不停地想着爸爸跟我在一起时，我们会做些什么事。

星期六当天，我换了件正装，还打了爸爸送我的"人生第一条领带"。我算到了一切意外，却独独没想过爸爸会不来。他中午打来电话道歉，我却一点都不想跟他说话。

我跟伊凡诉苦，他安慰我说，其实最棒的回忆就在当下，在眼前，而且这会是人生最美好的时光。

大人都说当小孩是最美好的事。但我敢说在某些日子里，例如那个星期六，当小孩真是讨厌极了。

因为有太多的事情我无法决定和控制。我无法决定让爸爸来看我，也无法控制自己不难过。

冬天过去了，我找回了自己的影子，吕克曾告诉我，别人的不幸会传染，我觉得他说得对，因为我整个冬天都过得很悲惨。

春天来了，伊丽莎白放下了一直高束的马尾，长发披肩，看起来更美了。我却不明就里地悲伤起来。因为我虽然赢得了班长选举，马格却赢走了伊丽莎白的心。

伊凡告诉我，他听从了我的建议，重抄了他妈妈写给他的信。我问他，他妈妈在信里跟他说了什么，伊凡停顿了几秒钟，才喃喃地说道：“她说她爱我。”

我无意间靠近了他，影子相叠，我悲哀地发现，伊凡妈妈的信根本不存在。

那本被烧毁的纪念簿中，只有他写给她的信。伊凡的妈妈在生他时过世了，早在他会认字前就死了。

泪水涌上了我的眼睛，不是因为他妈妈的早逝，而是因为他所说的谎话。

回到家，来到阁楼，我的影子告诉我，它代表所有的影子对我提出请求。

“为每一个你所偷来的影子找到点亮生命的小小光芒，为他们找回隐匿的记忆拼图，这便是我们对你的全部请托。”

我请求妈妈写一封信，写给当年尚未出生的我。妈妈写得很用心，我将信件复印后，故意把复印件弄黑弄皱，塞到工具间废墟中留给了伊凡。

伊凡辞职了。只有我知道，他一定看到了那封信，并为信中让他“开心茁壮成长，找一份能让自己快乐的工作”这般温暖的句子打动了，从而解开了童年禁锢的枷锁。

伊凡走了，伊凡的影子却在睡梦中向我道谢。

Step 3

住在这座小城唯一的好处，就是不用跑太远去度假。于是，在8月，妈妈仅有的十天假期里，我们借了辆车，一路开到了海边。在那里，我认识了聋哑女孩克蕾儿。

克蕾儿并非不会说话，只因从未听见过话语，所以发不出声音。但她能通过手语跟人正常交流。认识克蕾儿以后，我的人生彻底颠覆。

我们一起沿着港口散步，当影子在码头上无意相触时，我却因害怕退了一步。这一举动，伤害了克蕾儿的心。

其实，我只是不想偷走她的影子。但她不知道，所以她跑开了。任凭我喊破喉咙地叫她，她也没有回头。我真白痴，情急之下，我竟然忘记了克蕾儿根本听不见声音的事实。

为了道歉，唯一的解决方法就是把我的秘密跟她共享。我想，真正的友情都是建立在信任之上的。要是不敢向人坦诚，还谈什么跟对方建立关系呢?

于是，我告诉了克蕾儿关于影子的故事。当她眼睁睁见证了我们面前的影子调换的时候，她便明白了一切。

分享了秘密之后，我们俩便算扯平了。作为回应，克蕾儿带我来到了她的“秘密基地”，一座被遗弃在码头尽头的旧灯塔。

从那天起，废弃的旧灯塔便成了我们的天堂。就算在那里一连待上好几个小时，也丝毫不会觉得闷。

假期的第三天，克蕾儿通过在便条本上写字这种方式，向我询问：“我的影子发出的声音好听吗？”

在我眼中，不会说话是克蕾儿与众不同的地方，但她却梦想着和其他同龄的女生一样，能用手语以外的方式表达自己。我真想让她知道自己与众不同的差异点有多美好，这样，她一定会更加自信，更加快乐。

我们才刚见面三天，便开始为假期的结束难过起来。于是我们约定，来年还要再见面。

“我会从假期的第一天开始就在那里等你。”

“你发誓？”

克蕾儿用手比出发誓的姿势，这比用文字写出来还要优美。在我眼中，她所有的不完美，都美得无与伦比。

便条本上，克蕾儿写下了最后一句话：“你偷走了我的影子，不论你在哪里，我都会一直想你。”然后，她就跑着离开了。

第二天我一直在等她，但她却没有来。心系心上人的感觉真是令人不安，光是害怕会失去她，就让人痛苦不堪。

于是，我从陈列架上拿了一大张明信片，想疯狂地写信给爸爸。

“如果你在这里，我就能告诉你发生在我身上的事，我想这样应该会让我好过一点。你应该会给我一些建议，吕克说他凡事都要听他爸爸的建议，我却没有你的建议可听。”

“长大后我会去找你，无论你在哪里，我都会找到你。”

落款是：依然爱你的儿子。

尽管我不知道爸爸的地址，也没贴邮票，但我还是把信投进了信箱，就像写给圣诞老公公的信一样。

杂货店的陈列架上挂着一只老鹰形状的风筝，我跟老板说了妈妈晚点会来帮我付钱后，便把风筝夹在腋下，拿去玩儿了一整天。

在放风筝时，克蕾儿来到了我的身边。她很厉害，能放出一连串字母，当我终于看懂她在做什么时，我读出了她写的字："我想你。"

一个会用风筝向你写出"我想你"的女孩啊，真让人永远都忘不了她。

于是我通过影子，听到了克蕾儿的故事，她在向我求救。

"我真的很害怕，我什么都听不到，包括脑海中的声音。我害怕长大，我很孤单，我的白昼如同无止境的黑夜，而我如同行尸走肉一般穿越其中。"

我多想告诉她，克蕾儿，对我来说，你是全世界最美丽的女孩。我也确实这么做了。

之后的几天，我们每天早上都在码头相见，一起放风筝。我编造一些海盗的故事，克蕾儿则教我用手语说话，于是我渐渐挖掘出这个很少人熟知的语言的诗意。

每天傍晚，我们都会在离别前亲吻，这真是永生难忘的六天。我们约好了再见，却是再也不见。我没有再回到那个滨海小镇，来年没有，接下来的每一年都没有。就这样，我失去了克蕾儿的消息。

两年后，我吻了伊丽莎白，亲吻后的第二天她就和我说了分手。我没有再参选班长，长久以来，我早已厌倦了耍心机。

Step 4

如今，我已是一名医学院的学生。两年前我抛下童年，将它扔在学校操场的七叶树后，遗忘在了成长的小城中。

妈妈一年来看我两次，每次都会做一项工作——把我的小窝恢复原貌。她添了皱纹，但眼中却闪耀着永不老去的温柔，仿佛我对她的爱能让时光停住。

我的主任是个不错的家伙，他很无私地把知识传授给了我们，并告诉我们：医生不是一门职业，而是一份使命与天职。

在这里，我认识了苏菲。她是个耀眼又美丽的女孩，我们一起见习、相互调情，却从未为彼此的关系定调，我们互称朋友，故意忽略对对方的渴望。

苏菲照顾的病患是一个已经两周无法进食的十岁小男孩，他的消化系统正常得不得了，却没有任何原因可以解释他为何会抗拒最基本的进食。

我通过影子与小男孩交谈，找到了原因。他很喜欢一只兔子，它是他的知己，是他最好的朋友。不幸的是，两个星期前兔子逃走了。兔子失踪那天，晚餐他妈妈做的是红酒洋葱炖兔肉，小男孩知道他的兔子已经死了，自己还吃了它的肉。从那之后，他脑中只有一个念头：他要赎罪，并且要去天堂和好友相会。

感谢影子的倾诉，帮我找到了问题所在。于是我请来小男孩的父母，让他们“偷渡”了一只几乎一模一样的兔子进了医院。我告诉小男孩，兔子不仅没有死，还有了宝宝。

从此，小男孩开口吃饭了。他的爸爸，这个看起来有点粗暴的男人，紧紧拥抱了我，那短短的瞬间，我多么希望变成那个找回爸爸的小男孩。可我自己的爸爸，却被我永远弄丢了。

苏菲问我从何而知，我告诉她是小男孩的影子向我吐露了一切，她却丝毫不信。沉默了好一会儿，她静静地说：“不是学业阻止我俩建立亲密关系，真正的原因，在于你不够信任我。”

“也许这正是信任度的问题，否则你应该相信我说的。”我回答。

苏菲走了，停顿了好几秒，我才去追她。我将她拥入怀中，而这个动作让我的影子交叠上了她的。

“我根本没有天分，我什么都做不好，教授们不断向我重复这一点。我既不是爸爸梦想中的女儿，又不够漂亮，身材太干瘪，算是好学生，但离优秀的标准很远。我从来没从爸爸口里得到过一句赞美。在他眼中，我从头到脚没有一个地方是美好的。”

苏菲的影子喃喃地向我诉说着她的心事，这让我觉得和她更亲密了。于是我握住她的手，跟她分享了我爸爸离开家的秘密。

巩固友情最好的方式，就是交换心事。我想没有什么感情，是不能通过以心相待换来的。

可惜的是，苏菲的小病人最终没能出院。在他开始进食的五天后，并发症一一出现。我们倾尽了全力却仍旧无能为力，他还是离开了。

苏菲很难过，为了安抚她，我将她带到了我的故乡。

回去后，我见到了许久未见的吕克。他瞪大了眼睛盯着我，显然没有料到我会突然出现。

“混蛋，你这么久都在哪里混啊？当我做出一个又一个巧克力面包时，你搞死了多少个病人啊？”

我喜欢这样的感觉，就像我喜欢看妈妈的皱纹，尽管我知道她很讨厌它们。但这些皱纹却让我觉得心安，让我从她脸上读到我们相依为命的痕迹。

我来到熟悉的阁楼，在这里听到了吕克影子的请求。可能在我们拥抱时，影子发生了互换。

“吕克是你最好的朋友，不是吗？而你为这份友谊，又付出了什么呢？”

于是我明白，一直想要成为医生的吕克，或许早就厌倦了做面包这种千篇一律的生活。但他的家庭责任感、使命感，让他无法抛下一切去追逐梦想。

吕克拒绝了和我一起走的建议，但我仍然不想放弃。第二天，我鼓足勇气去找了吕克的爸爸，却再次遭到了拒绝。

妈妈安慰我：“你不能这样干涉别人的人生，就算是为了对方好。你没有必要‘医治’好在成长路上与你擦肩而过的每个人，即使你成为最顶尖的医生，也做不到这样。”

妈妈说得对，所以我离开了。

Step 5

从家里回来后，我和苏菲几乎没有见面，有一条无形的线横亘在我们中间，不论她或我，都无法跨越。

得知有实习医生追求苏菲，我很恼火，于是铆足全力赢回了她。我赶走了爱情上的入侵者，出乎意料的是，还迎来了吕克。

“你怎么会在这里？”

“我老爸把我赶出来了。”

临走前，这位老父亲叮嘱道：“你要是发现你当医生跟当面包师傅一样蹩脚，那就回家来，我会好好把手艺传给你。”

就这样，吕克住在了我家，他还迷恋上了一起复习功课的安娜贝拉，于是我不得不经常到苏菲家过夜。

圣诞节我本打算回家看妈妈，却发生了意外：一辆公交车在冰面打滑翻车，四十八名乘客受伤，十六名乘客被抛到了人行道上。急诊室乱得不可开交，吕克抬着担架来回穿梭。

待一切归于平静时，已是第二天清晨。

“都结束了，”我对吕克说，“你刚刚从水深火热的最初体验中活了过来，算是挺过来了。”

吕克叹了口气：“老友啊，我真的在自问是否适合这一行。”

他说他原本可以回家陪妹妹过圣诞节的，本来他可以捏面团，如今却和活生生的血肉一起度过；他说他受够了这里，受够了这座城市，受够了阶梯大教室，受够了这些得夜以继日生吞活剥的教科书。

在我一再追问下，吕克终于坦言他和安娜贝拉的感情出了问题。他说自己过去总幻想女生，现在事情发生了，却只想恢复单身。

人们总以最美好的想象去憧憬得不到的东西，结果却往往跟他们想的大相径庭。

我为我的失约打电话向妈妈道歉，吕克却跳上了回家的火车。

某天我接待了一位急诊的老妇人，细聊后发现，她竟然是与我朝夕相处了五年的邻居。

五年来，我每天都听着她的脚步声在我的头顶上来来去去，还能听见每天早晨她热水壶的哨声和她打开窗户的吱吱声，而我却从来没有想过住在那里的是谁，也没想过这个日常生活与我如此贴近的人会长什么样。

老妇人摔了一跤，脚踝肿了，躺在担架上。但她神情极其愉悦，让我很是惊讶。

她告诉我，她的儿女一个比一个自私，她不想到凄凉的乡下宅邸跟他们见面，不想吃儿媳妇做的难以下咽的饭菜，便借口说扭伤了脚踝。本来还在发愁如何圆谎，没想到却真的摔了一跤。

老妇人笑得很开心，她的影子却向我透露了埋藏在她心底最真实的孤单。她对儿女的爱太深，心里因为被他们弃养而饱受折磨。

几天后，吕克回来了，帮我捎来妈妈的一封信和一条围巾。

信中写道："如果你碰巧能休几天假——虽然我写的时候就知道那不可能——我就会是全天下最快乐的妈妈。6月你即将毕业，然后开始当实习医生，虽然你比我更清楚这些事，但光是写下这几个字，就让我感到非常骄傲。”

妈妈亲手织的围巾很丑，一端比另一端宽大得多，但我却戴着它度过了整个冬天。

考试日益临近，吕克愈发焦灼：“我要是再不离开这个地方一两天，我铁定会爆炸。”

于是我们决定去海边，我、吕克、苏菲，三个人。到达目的地时已是深夜，走在路上，不知为何我总有种似曾相识的感觉。

到达沙滩时，我才明白那似曾相识的感觉是什么：在码头尽处，一座小小的、被遗弃的灯塔，和我记忆中的一样忠贞不渝。这里就是我儿时来过的滨海小镇。

我支开吕克和苏菲，一个人故地重游。看到破木箱里老旧的老鹰风筝时，我的内心再也无法平静。

木箱深处，一张字条静静躺在那里：

我等了你四个夏天，你没有信守承诺，你再也没有回来。风筝死了，我将它埋葬在这里，谁知道呢，也许有一天你会找到它。

我将风筝重新放回木箱，盖子合上时，我很愚蠢地哭了。

回家后，苏菲留给我一张便条，其中有句话说：最难过的是看到你和我在一起，你却显得如此孤单。

感情，从来就不是一个人的事情。我忽冷忽热的态度，对苏菲太不公平。而现在，她终于下定决心要放手。

Step 6

三个星期过去了，每次和苏菲在医院巧遇，我们俩都有点不自然，即使彼此都假装什么事情也没有。

吕克不小心受了工伤，苏菲帮他治疗。随着他们接触渐多，吕克埋怨我不懂珍惜这个“全世界最棒的女孩”。

我决定重回滨海小镇。

人们常常把一些小事抛在脑后。有一些生命的片刻，我们可以试着忽略，但这些微不足道的小事却烙印在时光尘埃里，一点一滴形成一条链子，将你牢牢与过去连在一起。

因为想念克蕾儿以及那一去不回的童年，我整日神不守舍。吕克得知后，一边大力劝我回归现实别胡思乱想，一边却还是帮我租了去滨海小镇的车。

当初送风筝给我的老人，早已神志不清，精神状况时好时坏。正当我陷入绝望之际，一名老妇人走了过来。

“你说的是小克蕾儿吧，我跟她很熟，但你知道吗，她不是聋子。”

在我一脸惊愕之际，她告诉我，小克蕾儿其实什么都听得到，只是患了某种自闭症，一个字也吐不出来。幸运的是，音乐将她从闭锁的监牢里解放了出来。

如今的克蕾儿在音乐学院读书，已经成为一名大提琴演奏家了！

此外，老妇人还告诉我，克蕾儿当初每年回到小镇，都会用小纸条打听那个放风筝的小男孩有没有回来。

那个小男孩就是我。多年过去，命运终于开始惩罚我当初的失约：现在，换成我不知疲倦地寻找她。

我开着夜车，用最快的速度赶回城里，到音乐学院找人，却悲哀地发现我连克蕾儿的姓氏都不知道。

回家后，吕克看我脸色苍白，便自告奋勇说会帮我去找克蕾儿，但要我发誓，若我们相遇后克蕾儿没有认出我，我将会一辈子与她划清界限。

我答应了吕克。他真的找到了克蕾儿的下落——克蕾儿·诺曼，古典乐一年级，主修大提琴。

克蕾儿周六会在市府剧院演奏，我到后台，等在她的必经之路上。看到的却是她依偎在别人怀里，甜甜地微笑。这一刻，我感到自己无比脆弱，仿如心碎。

她走近我，盯着我问道："我们认识吗？"

我只得喏喏地回答："我是你的听众。"

她问我是否想要她的签名，我含糊地回答："是。"

她向那个男人要了笔，在纸上写着她的名字，在我道谢后，挽着男人的手臂飘然远去。

在她转身走远之际，我听到她说很高兴有了第一号粉丝。

我终于听到了她的声音，银铃一般清澈，和童年时影子发出的声音一模一样。但她没有认出我，我遵守了对吕克许下的承诺，与童年的回忆划清界限。

吕克和苏菲走得越来越近，他总能找到适当的借口邀请苏菲加入我们。

圣诞节快到了，我用尽一千种方法想请假回家看妈妈，却被主任一千零一次地拒绝。

吕克在收拾回家的东西，大包小包，事无巨细。我调侃说，没必要为短短几天假期搬一趟家，吕克却对我摊了牌。

“我在这里不快乐，老伙计。我爸爸或许只是做面包的，但你要看到那些在清晨第一时间来买面包的人，他们竟然如此快乐……”

“爸爸是我的标杆，是我想成为的对象。他想让我学会的技艺，正是我想从事的工作。别生气，圣诞节过后，我不会再回来了。”

“我知道你介入了某些事，也曾跟我爸爸谈过，这不是我爸告诉我的，是我妈妈。我打心眼里感谢你，谢谢你给我机会到医学院进修。多亏了你，我现在才知道什么事我不想做。”

说完，吕克抱了抱我，我感觉到他好像流了点眼泪，我想我也一样。离开之前，吕克还问了我一件事：“现在你和苏菲已经只是朋友关系了，那么，如果我时不时打电话给她，你会不会介意？如果你不介意的话，我很快就会再来看你，也会邀请她来晚餐。”

“全世界所有的单身女孩中，你就一定非得爱上苏菲不可？”

“我说了啊，如果你不介意的话，不然我还能怎样……”

汽车启动，吕克隔着车窗挥挥手，做出再见的手势。

看着汽车绝尘而去，我想，这一次吕克是真的找到了自己想要为之奋斗终生的事业。

我由衷地为他感到高兴。

Step 7

我被大量的工作吞噬，浑然不觉时光的流逝。妈妈在之前的一封信里宣称 3 月会来看我，我请好了假，在餐馆定好了位置，等来的却是她去世的消息。

得到消息的瞬间，我感到一把利刃狠狠割裂了我的五脏六腑。妈妈毫无预警地抛下我，令我感到了人生前所未有的孤单。

我坐火车回到了小城，处理妈妈的后事。她真是体贴得难以置信，甚至早已打点好了一切。我整晚都在为她守灵，如同她曾经守护着我度过无数个夜晚。

几乎所有人都出席了葬礼，连马格也出乎意料地出现了。苏菲也来了，和吕克站在一起，看到他们俩手牵着手，我心中感到一股莫大的安慰。

回到家我才发现，妈妈向我撒了很多谎。她说她在粉刷房子，其实是她心脏出了问题；她说她跟朋友出去旅行，其实是在医院里接受治疗。

我学医的目的，是为了照顾妈妈的病痛，但我却没察觉出她已经生病了。这真是天大的讽刺。

我走到厨房，打开冰箱，看到她准备好的晚餐……然后泪水便再也控制不住地奔腾而下。

来到阁楼，我看到了妈妈写给我的一封信，以及装满了爸爸寄给我的信的盒子。

妈妈在信中写道："这个盒子属于你，它本来不应该存在，我祈求你的原谅。"

原来，这么多年，爸爸不是没写过信给我，而是被妈妈藏了起来。

突然想起若干年前，妈妈在阁楼里对我说：我从未停止爱着你爸爸，当爱恨交织时，人会做出可怕的事情，一些过后会自责不已的事情。

我心乱如麻，四处游荡。走到学校操场时，一个声音喊住了我。

"我就知道能在这里找到你。"

我吓了一跳，转身发现伊凡坐在长椅上看我，原来，他也来参加了我妈妈的葬礼，这让我深受感动。

于是，就和童年时一样，伊凡倾听了我的难过。

他安慰我："你从小与别的孩子不一样，你有能力感受不幸。"他让我去工具间晃晃，说那里有他留给我的东西。

我找了很久仍一无所获，风吹迷了我的双眼，我拿手帕擦了擦眼睛，在上衣口袋里发现了一张纸，上面有一位大提琴家的亲笔签名。

我返回长椅，伊凡已经不见了。原地静静躺着一封信，是我当初留给伊凡的信，妈妈写的信。

信中，妈妈说她最大的心愿就是我能开心地茁壮成长，找一份让自己快乐的工作……这封信当初治愈了伊凡，如今也同样治愈了我。

我回到了海滨小镇，当初送我风筝的老人精神状况很好，十是我便请求他帮我将残破的老鹰风筝修好。

我的决定，就是重新去找克蕾儿。我跟踪了她一整天，一起坐公交车，一起走在街上，直到她家的灯光亮起又熄灭。克蕾儿一个人住，这发现让我欣喜若狂。

次日清晨，我再次来到音乐学院，展开老鹰风筝，将其放飞。这风筝承载着我童年最美好的记忆，以及此刻我全部的希望。

当克蕾儿注意到风筝时，她正在厨房泡茶，她简直不敢相信自己的眼睛，吓得把手上的早餐杯摔碎在地砖上。

几分钟后，大楼的门打开，克蕾儿朝我冲了过来。她目不转睛地盯着我，对着我微笑，然后从我手中抓住了风筝的手柄。

在城市的天空里，她用纸老鹰在空中写字，当我终于看懂她写的句子时，我读出："我想你。"

一个会用风筝向你写出"我想你"的女孩啊，真让人永远都忘不了她。过去如此，如今亦然。

太阳升起，我们的影子肩并肩，在人行道上拖得很长很长。突然，我看到我的影子俯身亲吻了克蕾儿的影子。

于是，我摘下眼镜，模仿了影子的动作。

就在这个早晨，远方防波堤旁的小小废弃灯塔里，灯塔仿佛又开始转动，而回忆的影子正低低向我诉说这一切。

毛姆说：今年的我们已与去年不同，我们的爱人亦是如此。如果变化中的我们依然爱着那个变化中的人，这可真是个令人欣喜的意外。而最大的意外，是我没有想过我会爱上你，但我爱了；我没想过能找到你，但你回来了。

Chapter 10

萤火虫小巷 · 有了朋友，生命才显出它全部的价值

『友情是人间珍品，像萤火虫的微光，却足够温暖彼此的一生。』

《萤火虫小巷》被美国读书网站评为历年来赚人热泪的十本书之一。两个女孩跨越漫漫岁月的友情验证了：谁要在世界上体会过肝胆相照的境界，就是尝到了天上人间的欢乐。

Step 1

故事的主角之一凯蒂，在四十多岁的某一天，想起了她许久未见的老友塔莉，她们分手后的这么些年，凯蒂一直强迫自己接受一个事实——生活没有挚友也能好好过活，但当人生处于风口浪尖的时刻，她第一时间想要的，是塔莉的安慰与拥抱。于是她拨通了尘封在心底很久的电话号码。

那时候凯蒂和塔莉只有十四岁，还是上初中的年纪，同样稚嫩的她们却有截然不同的人生。

塔莉的幼年是悲惨的，大部分的童年时光是在外公外婆家度过，直到母亲第三次把她接走。这一次，她们搬到了萤火虫小巷。

这是一个安静的小镇，塔莉轻而易举就成了全校的焦点人物。而凯蒂在和谐温馨的家庭中成长，是典型的乖乖女。就这样看似八竿子打不着的两个孩子，因为住在同一条街的对门而结下缘分。

凯蒂接受了送面条给新邻居的任务，她紧张地叩开了塔莉家的房门。简单的寒暄过后，凯蒂就结束了邻里间的交际。其实两个小女孩事后都懊恼自己措辞不当，其实她们都想与对方交朋友。

幸运的是，塔莉和凯蒂都没有错过彼此，她们成为朋友是在一个对塔莉来说疯狂的夜晚。

那天，塔莉被邀请参加高中生的派对，她是唯一一个被邀请的初中生，邀请者是一个大块头男孩，是他们高中的风云人物。

男孩靠近她，灌她喝酒。塔莉不愿被小瞧，对酒精来者不拒，男孩吻她的时候，她只觉得甜蜜，好像是向往中的爱情。

塔莉在喝醉之后被强暴了，塔莉的不自爱给自己造成了身心的双重创伤。塔莉看见了凯蒂家的马儿，逗马的时候被趴在栏杆上的凯蒂发现了，于是她下楼与塔莉促膝长谈。在这一夜的交谈中，凯蒂第一次看见她最羡慕的女孩亲手摘下生活的面具，向她展现她的苦和痛。凯蒂没有说任何责怪塔莉不自重的话，她只是问她好不好，并且给了塔莉一个拥抱。

这个拥抱对凯蒂来说是朋友间的普通安慰，但是对塔莉来说，这还意味着温暖，她感受到除了外婆以外的人的关爱。

这一夜过后，塔莉主动靠近凯蒂，她们一起上学，一起研究梳妆打扮，可是塔莉还没有把真正的自己交付给凯蒂，她不愿提及母亲的事，这让她感到羞耻。

凯蒂妈妈看见自家女儿以肉眼可见的速度改变着，看见天天黏在一块儿的两个女孩，心里也猜出一二，她打算亲自去会会这个不一般的塔莉。

同样以送菜为由，她敲开了塔莉家的门，里面烟雾缭绕，显然塔莉不想好姐妹的妈妈看见自家的混乱情况，她试图掩饰，可是地上的大麻还是逃不过凯蒂妈妈的眼睛。

而且塔莉说自己妈妈患有癌症的谎言，三言两语就被凯蒂妈妈戳破了，出于对孩子自尊心的保护，凯蒂妈妈并没有阻碍塔莉与凯蒂来往，但她还是明确表明凯蒂不能和撒谎的孩子交往。她建议塔莉："你妈妈是怎样的人、过怎样的生活，并不代表你也一样，你可以自己选择，而且不必觉得可耻。可是，塔莉，你必须拥有远大的梦想。就像电视上的甄恩·爱诺森那样，能在人生中得到那种地位的女人，一定懂得追逐她想要的一切。”

欣慰的是，塔莉找到了自己的人生理想，她想要做一名记者。并且，她把自己撒谎的事情向凯蒂和盘托出。两个小女孩都对彼此许下坚定的承诺：她们要做一辈子的好朋友。

可世事无常，关于“永远”的承诺暂时止步于这年夏天。因为塔莉母亲纵火，塔莉必须回到外婆家。接下来的三年，她们只能靠书信保持联系。后来外婆去世，十七岁的塔莉必须被送往寄养家庭。

塔莉打算再去见见凯蒂。凯蒂给了她最大的安慰，而凯蒂的妈妈愿意给她一个家——凯蒂家可以成为塔莉的寄养家庭。她会永远记得凯蒂母亲的那一句：欢迎加入我们家，塔莉。

Step 2

后来，塔莉与凯蒂考上了同一所大学的新闻专业，她们离自己的新闻梦越来越近。

新生活意味着新挑战，塔莉一头扎进课外活动，她的目标很明确，从踏进大学的那一刻起，她就在为未来的职业做准备，她甚至写了上百封信去修大三才有资格上的传播新闻课，最后她也如愿以偿了。

凯蒂则没有塔莉一半的热情，她好像意识到——新闻似乎并不是她的梦想。但是她没有把这个想法告诉塔莉。

凯蒂悠闲自在地享受着大学生活，像在人生路上不紧不慢地骑着单车，而塔莉则迫不及待地向着未来疾驰。

在爱情和事业上，塔莉总是有惊人的效率，她与传播新闻学的教授查德发生了禁忌之恋，尽管他比她大许多，但是查德的怀抱让塔莉感觉安心。

还没毕业的塔莉找到了一份实习工作，是地方电视台的一个分社。分社制作人强尼看出她的野心和能力，相信她会有辉煌的成就。而且塔莉身上那份对事业的热情深深吸引住强尼的目光，在和塔莉相处期间，他发现自己爱上了她。

而凯蒂被塔莉引荐给强尼，见到强尼的那一刻她意识到，自己再也无法对塔莉坦白了，因为强尼令她心动。

这份爱从一开始就伴随着压抑，因为敏感的凯蒂感觉到了强尼对塔莉的爱意，同时她也明白，塔莉对强尼根本没有感觉，三人之间形成了微妙的三角关系，这种关系一直持续到塔莉与教授分手。

那时候塔莉已经摸到了新闻播报的门道，每一次工作她都表现得十分出色，在一次抢劫案件中，她受了枪伤，还坚持偷偷直播案件。塔莉的英勇与专业让她一炮而红，一些公司纷纷给她递来橄榄枝，她理所当然地心动了，但是此时查德教授也收到了一所大学的入职邀约，他问塔莉是否要随他过去。

塔莉知道随教授离开意味着事业的暂停，双方都明白事业是塔莉的生命，就这样，她与查德的感情走到了尽头。经过这次失败的感情，塔莉更加不相信爱情了，她开始不停地带不同的男人回到她与凯蒂的公寓欢爱，强尼也是其中之一。

凯蒂本来打算从强尼的公司离职了，她已经找好了一家广告公司，但是她再一次因为强尼留下。在强尼家，凯蒂把压抑多年的感情告诉了强尼。她已经不想回头了，守了二十五年的处女身在这一晚献给了强尼。

生活给了凯蒂一个意外，她怀孕了。在无助的时刻，她想起了塔莉，凯蒂希望塔莉能给她一些建议。塔莉支持凯蒂向强尼坦白，凯蒂照做了，所幸强尼没有做出令她伤心的举动，他向凯蒂求婚了。

塔莉没想到凯蒂会这么早迈向婚礼的殿堂，不知不觉间，她和凯蒂走上了不同的路，她衷心为凯蒂感到开心，也再一次告诉凯蒂：“我们的友谊永远不变。”

凯蒂决定在孩子五岁之前做一名全职太太，这个决定在塔莉看来却是不可思议的。时代的变迁，女性地位的提高都让塔莉无法理解凯蒂的决定，就在她们争论之时，凯蒂渐渐昏睡过去，她感觉世界在坠落。

这不是单纯的困倦，塔莉发现凯蒂椅子上的鲜血时吓坏了，她马不停蹄地把凯蒂送往医院，在医院里，她不知道如何把流产的事情告诉凯蒂，这对她来说是惨痛的打击。

另一边，强尼雇了私人飞机从另一个州赶到凯蒂身边，他刚刚结束工作，一副灰头土脸的模样，他与凯蒂相拥而泣。

他应该是爱凯蒂的吧，可是感觉又不像是爱。塔莉看着痛哭的两人这么想着。

塔莉的感觉是对的，其实凯蒂没有告诉塔莉，在自己的婚礼当天，她看见了自己的丈夫在盯着自己的好姐妹，眼神里是说不清的情绪。那一刻，她怀疑自己是不是真的在强求一份感情，也许她早该明白，这段感情从一开始就是错的。

错误的种子在生根发芽，不知道未来有没有结成恶果的那一天，可凯蒂爱强尼爱到无法自拔，所以她任由这颗种子野蛮生长。

Step 3

塔莉顺利地进入了美国国家广播公司。在纽约，她开始了高强度的工作。而向来高效率的她在爱情方面也没有闲着——她找了一个新男友，格兰。

爱情之于塔莉是生活的调味品之一，没有爱情她顶多失去一份愉悦；可这对于凯蒂而言则是必需品，没有爱情的婚姻是走不长久的。

时间进入 20 世纪的 90 年代，上帝善待凯蒂与强尼，让他们有了第二个孩子，是个可爱的女孩儿，塔莉给她取名为萝丝。

塔莉的努力并没有白费，新闻圈的大佬艾德娜开始注意到她，并有意提拔她。塔莉对这位杰出的女性的指点受宠若惊，她竟然还得到了与艾德娜一同去尼加拉瓜采访的机会！她在这次采访过程中学到了很多专业知识，言语无法表达她对艾德娜的感激之情。她后来才知道，艾德娜在她身上看见了年轻时的自己。

自从塔莉收到艾德娜的提携之后，她越发地忙碌起来，与凯蒂的联系次数也在渐渐变少。萝丝快满一岁了，凯蒂的妈妈身份也将满一年，这一年来，她失去了自我。高需求的女儿并不允许她拥有属于自己的时间，她的黑眼圈一天天加重，容颜憔悴不堪。

战争点燃了强尼的梦想，他想去做战地记者。当凯蒂得知这个消息之后，她毅然决然地表示反对，好不容易稳定的家庭怎么承受得住这种风险？其实她持反对意见还有另一个原因——塔莉。

凯蒂妥协了，她不敢拒绝强尼，她怕自己拒绝强尼之后，这份本就靠责任才得以维系的婚姻再生嫌隙。为了保证丈夫的安全，她特意给即将同赴战场的塔莉打了电话，希望她能够留意丈夫的安全。

最担心的事情还是发生了，强尼在一次轰炸中不幸遭到重创。强尼的不幸对某些新闻工作者可不算噩耗，这是抢独家报道的好机会，但是家属现在还未同意任何形式的采访。艾德娜得知塔莉与强尼熟识之后，她立刻把这次机会交给了塔莉，并且命令她尽快完成这次报道。

在医院与凯蒂会合之后，塔莉委婉地向好友表达了自己的诉求，但还是遭到了拒绝。艾德娜向塔莉下了最后通牒：二十四小时之内必须让她看到成果。

塔莉找来自己的摄像师，在凯蒂不在的时候完成了报道，她最大限度地保护着强尼的隐私，可是拍摄快结束的时候还是被凯蒂发现了。

凯蒂非常气愤，她用尽全身力气甩了正在努力自我辩解的塔莉一个耳光，她告诉护士，塔莉并不是家属。愤怒过后，冷静下来的凯蒂接受了塔莉的道歉，播出的报道确实没有过分强调强尼的伤势，更多的是对一个新闻人的敬佩，凯蒂总是这么心软又重感情，她做不到与塔莉分手。

在强尼的危险期，她们俩按照医生的叮嘱，轮流对他不停地说话，强尼能不能恢复意识就看能不能顺利度过危险期了。在人生的艰难时刻，她们总是这样互相搀扶着走下去。

塔莉的事业越发红火，至关重要的机会终于到来。CBS 的总裁亲自邀请塔莉加入晨间新闻做主播，这是她梦想了很久的机会。

重新想捡起事业的凯蒂就显得力不从心了，她想在华盛顿大学修一门写作课，但是她认为家庭的担子太重了，家庭把她的时间压榨得所剩无几。

凯蒂过得并不快乐，她有些焦虑，源头就是她自己，她完全可以不用事事都亲力亲为，可是她并没有雇佣保姆；她口口声声说要报写作班来提升自己，可是她没有动手写一个字。

转眼之间，已经到了 2000 年，凯蒂还没来得及找回自己，就迎来了自己的双胞胎儿子。她的家庭负担越发沉重，看到同样年纪的塔莉，凯蒂说不羡慕是假的。

塔莉仍然是容光焕发的模样，时光赋予她更具吸引力的气质，她和小时候一样，永远走在时尚尖端，而凯蒂还处在不认识几个名牌的阶段。

塔莉在这个年纪取得的成就，谁都不得不叹服，她好像真的活成了想要成为的样子。塔莉这些年的苦心经营，确实换来了金钱名利，但同时也失去了爱情与亲情。而凯蒂对家人的全情投入换来了温馨的家庭，丢失的是理想与自己。

Step 4

塔莉为光鲜亮丽的人生付出了代价，那就是情感的缺失。她最近越发感觉到寂寞，即使她与格兰保持着情人关系。没有爱情与亲情补充失去的心灵能量，友情似乎是最佳选择，塔莉向凯蒂寻求支持。

“你放弃事业的时候我觉得你疯了，我一直觉得我要过那种日子不如杀了我算了，可你感觉起来疲惫、沮丧却又无比幸福，我一直不明白。”

“有一天你能体会的。”

“不，不可能。凯蒂，我已经快四十岁了。看来疯的人是我，竟然为了事业放弃一切。”

“可是你的事业非常了不起。”

“对，可是有时候……还是不够。我知道这样说很贪心，但我不想每天工作十八个小时，回家只能面对空荡荡的屋子。”

塔莉试着找回自己，她回到了华盛顿大学，却在大学里看见了久违的朋友——查德。她向查德倾吐自己的不快，懊悔过去的选择让她现在无枝可依，可是查德提醒她：“看来你忘记了白云，你并不孤单，每个人都有家人。”

白云，塔莉的母亲，她愿意再给她一次机会，也算是为了自己。

塔莉想要凯蒂陪她去找白云，可是凯蒂忙得抽不开身，强尼倒想出一个点子——塔莉寻找多年未见的母亲这本身就是一个爆点，女强人的软肋完全能引爆舆论，把寻亲过程拍摄下来，或许可以成为一个炙手可热的节目。

说做就做，强尼和塔莉出发了。他们一行人顺着得到的情报找到了白云，但是情况不容乐观。

首先让塔莉感到陌生的是白云的状态，她比实际年龄看起来老十岁，如果要用一个词概括白云的现状，那就是“凄惨”。不过当事人好像并不认为自己的情况有多糟糕，面对塔莉，她向周围的人传递这样的信息：这个女儿与我关系不大，我享受一个人自由自在的生活。

想起此行的最终目的，塔莉暂时收起了被遗弃的难过，她放低姿态，心平气和地请求母亲随她回家住几天，塔莉没想到母亲没有反抗，答应了她的请求，等她反应过来，拍摄已经告一段落。

塔莉的信心被点燃了，她开始对未来抱有期待，帮母亲戒毒戒酒得提上日程了。她起了个大早为白云买来各种咖啡、面包还有新衣服，然而母亲还是亲手打碎了塔莉的梦，她只在塔莉订的酒店休息了一晚之后便落跑了，拍摄就此结束。

关于亲情方面的探索功亏一篑，如此一来，投入工作是塔莉的不二之选，晨间主播的合约到期之后，她从凯蒂家的日常谈话中获取灵感，与强尼一同策划了一档新的谈话节目——《塔莉·哈特的私房话时间》，这个节目受众很广，不仅观众从中受益匪浅，塔莉也借此节目实现了从新闻主播到明星的转型。

强尼作为这档节目的制片人也赚得盆满钵满，但是相应的，他分给家庭的时间被工作压榨得少得可怜。此前凯蒂就为这份工作与他大闹了一场，除了维持家庭，另一个原因是担心塔莉和丈夫旧情复燃。

尽管塔莉和强尼的一夜情过去了这么多年，凯蒂始终无法释怀，却又没有办法向丈夫坦白，她对这种情绪的处理方式很简单：让时间淡化愤怒，把情绪继续贮藏在心底。凯蒂在强尼和塔莉面前习惯了做退让的那一方，但是接下来发生的一件事让凯蒂首次与塔莉决裂。

萝丝最近一次次地在越界的边缘试探，她总是在挑战母亲立下的家规，比如穿一些成熟暴露的衣服，玩到很晚才回家，甚至翘课看电影。作为亲妈的凯蒂少不了日夜与女儿讲人生的大道理，可是这些道理没有换来女儿的理解。

塔莉对这个干女儿的态度可就完全相反了，她鼓励萝丝的冒险精神，认为敢于冒险才会获取机会。她还常常给萝丝举办一些炫酷的聚会，花钱置办这个年纪的孩子很在乎的排场，还带她去美容院化妆做头发，这都是萝丝在凯蒂的管束下无法拥有的，因此萝丝把塔莉阿姨归为自己阵营里的一员，凯蒂则被划分在敌对阵营。

塔莉在一定程度上破坏了凯蒂对萝丝苦口婆心的教育，争吵让母女关系崩坏的戏码愈演愈烈。

Step 5

萝丝的叛逆行为已经快不受控制了，这回她执意要追求自己的梦想，去纽约参加一场模特选秀会。萝丝郑重其事地安排父母和塔莉在饭桌上聚首，当着他们的面宣布了她的决定。凯蒂听了之后强压怒火询问细节，原来这个选秀会需要昂贵的费用，实质上只是一个大型的圈钱活动。

萝丝察觉到母亲的反对，她略显沮丧，对塔莉大喊："她觉得我还是小宝贝，什么都不让我做。"

塔莉站在萝丝这边，她向凯蒂争取道："我会帮她，我会陪她去。"

可是问题并不在于萝丝此行是否有人作陪，进入模特圈对一个十三岁的少女来说还是太早。而塔莉作为她的好姐妹现在却在支持自己的女儿做一个不成熟的决定。

紧绷的精神使凯蒂感到疲惫，她对塔莉说："你不是她妈妈，我才是。你可以跟她一起闹，开开心心地活在那个长不大的世界里，但我有责任保护她。"

塔莉没意识到她的所作所为已经越界了，烦躁与困惑使她驱车赶到凯蒂父母家。凯蒂的母亲一针见血地指出了症结所在——塔莉把萝丝当作理想中的女儿了，可是她没有资格取代凯蒂的身份帮萝丝规划她的人生。

塔莉恍然大悟，是她没有摆正自己的位置，她决定为凯蒂和萝丝做些什么以消除她们母女之间的隔阂。经过商量，塔莉打算邀请塔莉和萝丝上一期《塔莉 · 哈特的私房话时间》，通过谈话节目的方式让双方放下偏见重归于好。

这个想法让凯蒂很兴奋，可是塔莉让凯蒂大失所望。凯蒂和女儿上台之后发现台上站着一位家庭咨询的心理医生，接着塔莉说的话让凯蒂大吃一惊："今天我们要探讨的是过度保护的母亲与痛恨这种母亲的青春期女儿……"

接着心理医生开始帮腔："有些父母会伤害子女的自尊心而不自知，尤其是控制欲强的专制型母亲……"

他们的话让凯蒂难以置信，塔莉说的帮忙就是把她丑化成一个过度保护的母亲？她一气之下摔麦离开了节目现场。

之前的三十年，每一次争吵都是她对塔莉服软，这一次，她不打算原谅塔莉。而在四十余年的生命里，塔莉从未做过的两件事：一是对别人说爱，二是向朋友道歉。这次她也没有为了挽回凯蒂而破例。

凯蒂的状态一天比一天差，她的忧郁引起了强尼的注意，强尼建议她去看医生。这一次的检查却给凯蒂带来了一生中最大的打击，她被确诊为乳腺癌患者。

尚不知情的塔莉还在与凯蒂置气，还在等凯蒂的电话，终于，她手机铃声响起来——不是凯蒂的，电话那头是医生的声音。

塔莉的母亲因为药物过量并且受到殴打而入院，目前失去了意识。塔莉赶到医院，看见母亲狼狈地躺在病床上熟睡，心中五味杂陈。

白云不知何时醒了，塔莉在她面前哽咽着问："你为什么不爱我？"

白云说："忘了我吧。"

白云很想成为塔莉需要的那种母亲，但这辈子她做不到。她知道自己是戒不掉一切恶习的，与其在塔莉身边拖她的后腿，不如自己离开，让双方都好过。

然而白云不知道的是，塔莉在她熟睡的时候翻看了她的行李，里面有一个项链，是风干的通心粉和蓝色珠子组合而成的，那是她两岁时送给妈妈的礼物。

白云的秘密被塔莉发现了，她是塔莉一生的遗憾，她这一生都愧对塔莉。

凯蒂难以承受癌症带来的痛苦，在深夜主动打电话给塔莉，但是手机自动转到留言功能，凯蒂说："嗨，塔莉，是我，真不敢相信你竟然没有打电话来道歉——"

但是这通电话在短时间内没有得到回应，因为塔莉去了南极拍摄纪录片，一个半月之后她才回到美国。在这段时间内，凯蒂进行了双乳切除手术。

待塔莉读取留言之后，内心还是别扭着，她不敢相信凯蒂打电话过来就是为了责怪她没有主动道歉。

过了几天她又接到凯蒂的电话，当她决定好好奚落对方一番的时候，凯蒂只说了一句"我住院了，在圣心医院四楼"便挂断了。

塔莉这才意识到事情的严重性，她奔赴圣心医院。强尼告诉她凯蒂的具体情况，那一瞬间，她犹如被雷劈中，脑子里天旋地转。

Step 6

塔莉没想到只是半年没见，她就差点儿认不出凯蒂了。塔莉泪水上涌，她想为自己的过错道歉却不知从何说起，凯蒂打断了她：“不要再执着于过去了，好吗？”

与乐观的凯蒂比起来，塔莉更像是得了癌症的那一个。暂别凯蒂后，塔莉支撑不住，瘫倒在街上放声大哭。发泄完悲伤之后，她走进商店为凯蒂挑选了一份礼物。

凯蒂拿到塔莉为她挑选的笔记本时沉默了，她还记得三十七岁那年她在华盛顿大学报了写作班，但是并没有在这方面花费足够的精力，那时候她把家庭看得太重以至于失去了自我。

塔莉建议她写一本回忆录，不光为了总结自己的一生，写成之后还能给尚未长大的双胞胎儿子看，让他们了解他们的妈妈到底是个怎样的人。凯蒂试着动笔，她的文字多的是对萝丝的牵挂，对丈夫的不舍，当然，还有对塔莉的依恋。

塔莉决定为凯蒂做些什么。她用了一整期的《塔莉 · 哈特的私房话时间》来向广大群众普及相关知识。在节目的最后，她宣布了一个不算重大的决定，但足以引起轩然大波：这期节目是她最后一次荧幕活动，因为她将全身心陪伴好友度过人生的最后时刻。

之前，塔莉从未和朋友说过对不起，这次，她为了凯蒂做到了。

节目之中的懊悔、疲惫与泪水，凯蒂都看得一清二楚，她明白这是塔莉在以另一种方式表达歉意。

人生在世难免有些牵挂，女儿萝丝是她最放心不下的那一个。她已经是个大姑娘了，在知道妈妈生病之后，她很少对她发脾气。她为自己的过错对凯蒂道歉："以前我对你很坏。"

凯蒂很欣慰，这句道歉没有让她等上三十年的时光，要知道她向母亲说出这句话的时候就在几年前。

时间有限，她们可没有时间浪费在争吵上。母女的谈话中，萝丝提到暑假的话剧，她告诉妈妈自己本来没有打算去试镜，但想到妈妈的病情，她还是决定去竞争女主角。她邀请凯蒂参加，虽然凯蒂可能活不到那个时候。

让凯蒂放心不下的还有强尼。过去的几十年她都对婚姻持有怀疑，但是如今看来，强尼和塔莉并没有任何逾越的情愫，凯蒂恨自己看清的太晚，给自己与家人平添了许多不必要的烦忧。

强尼对塔莉亲近只是一种惜才，他们年轻的时候便是如此，经过岁月的洗礼，他才明白凯蒂是他的真命天女，婚姻里两个互补的人才最合适。

最后，塔莉是凯蒂一直牵挂着的人。塔莉没有家人，她是塔莉唯一的朋友，她去世之后塔莉将如何生活呢？又有谁会真正关心她呢？于是凯蒂提醒强尼得关照塔莉。凯蒂直接告诉塔莉：在她去世之后，塔莉可以与他们一家人生活在一起。

暑假话剧演出这天，凯蒂一大早就开始做准备，塔莉给她仔细地化妆，并且准备了一顶假发以便凯蒂能体面地出席。塔莉帮她穿上厚厚的衣物，患癌总是让她感觉寒冷。

凯蒂的状态并不好，她强撑着不适的身体坐在观众席第一排，想象到女儿将在舞台绽放光彩的时候。她转头拜托塔莉日后帮助萝丝进入加州大学的戏剧学院，她一定很想去那儿学习，塔莉答应她一定会好好照顾萝丝。

萝丝的舞台表演超出凯蒂的想象，她天生就适合在舞台上发光发热，和她的塔莉阿姨一样。

日历翻到10月，这一天还是来到了。凯蒂即将油尽灯枯，她给身边每一个人都留下了一句特别的话，阴冷的雨夜，凯蒂永远地闭上了双眼。

葬礼那天，塔莉没有勇气踏入教堂参加那些冰冷的仪式，她甚至无法动弹。殡仪馆老板在门口交给塔莉一个黑色的大盒子，老板说："这是她托我转交给你的，她说仪式一开始你就会跑出去。"

果然，凯蒂还是最了解塔莉的那一个。

盒子里有四样东西，一封信，一包烟和一张戴维·迪卡西的签名照，最后是一个iPod，上面写着：播放我，然后跳舞。

塔莉凯蒂泪流满面，在空无一人的街头，她随风起舞。

Step 7

《萤火虫小巷》最突出的论题有三个，一是以时间为轴，纵向探讨女性的成长；二是以塔莉和凯蒂为例，剖析不同性格导致的两类人生；三是从两代女儿的成长看母亲对教育的反思。这三点融合了克里斯汀的人生感悟，还有其母亲对她的教育法则，非常适合女性读者从中取经，下面我们将简要分析这三个论题。

首先，《萤火虫小巷》以时间为轴，纵向探讨女性的成长。作者把凯蒂与塔莉从十四岁到四十余岁的人生按时间线展开叙述，其间穿插作者对亲情友情爱情的思考，将她们每一个人生阶段都鲜明地展现在读者眼前。

作者写出年少时的女孩在友情方面遇见的挫折，她通过女主角的经历向女孩们传达坚强乐观的生活态度，当然还有自尊自爱。

塔莉十四岁被强暴的经历触目惊心，很多女孩子不注意保护自己就会付出成长的代价。她还遭到了亲生母亲的遗弃，但即使经历过这么多不幸，她没有自暴自弃，而是选择坚强勇敢地面对生活。

作者告诉女孩们，无论生活多难也得直面它。偏重事业的女性得抓住机会，为职业生涯发展做出长期的规划，最好是有一个终极目标，塔莉的最终目标是进入美国广播电视台工作，她也凭自己的不懈奋斗实现了理想。

偏爱家庭的女性则要注重自我与家庭的平衡，家庭主妇的传统观念应该被打破——不做围着家人转的陀螺，在保持家庭有序运转的同时保持自我独立。

凯蒂和塔莉的人生截然不同，不同的童年成长经历养成了不同的性格，而性格是决定命运的关键因素。

女性多多少少都能在凯蒂和塔莉身上找到自己的影子。亲情的缺失让塔莉失去说爱的能力，爱逞强的性格就是如此养成的。她从不在外人面前示弱，常常给人感觉要把自身的价值在有限的生命里燃烧出无限的可能。

与塔莉滚烫的人生相比，凯蒂人生更平淡冷静，像潺潺流水。

凯蒂温馨的家庭培养了她温和的个性，她无比宽容、谦让，像水一样接纳万物又能被万物接纳，她能消化塔莉的任性和孤傲，包容孩子的自私与叛逆。

凯蒂是一个好妈妈也是一个优秀的妻子，但她性格上的软弱恰恰是精神痛苦的来源。因为包容，所以从未就塔莉与强尼的旧情与他俩袒露自己的痛苦，她一次次地咽下误会和嫉妒之后的愤怒；每一次与塔莉争吵，她都是先求和的一方，就像强尼说的：你们向来如此。

凯蒂有时候也会不甘：凭什么向来如此就要不管是非对错都是她低头呢？但是每次她也就是心里抱怨一会儿，回头还是会打电话给塔莉。

二人的成长都有些极端，这也是作者的写作设计，克里斯汀有意让读者在两种极端的人生中自我审视，或者得到了启示之后，解锁有着无限可能的未来。

凯蒂的青春期与萝丝一样叛逆，在这个阶段，女儿们总是不遗余力地伤害母亲的心，但是作为成熟的母亲，一般都能理解女儿在这个阶段的烦恼与不安，所以她们克制自己的脾气尽量包容孩子。

凯蒂家属于正常的家庭教育，塔莉家则是畸形的教育案例。

塔莉的母亲对孩子毫不负责，白云这个人物的矛盾性在于她残存的母性抗争不过自由的意志。保留塔莉的项链可能是为了在自己为数不多清醒的时刻，给自己一个留念罢了。

《萤火虫小巷》是一个互相救赎的故事，也是一个关于爱与陪伴的故事。读完此书，或许你会忍不住拿出手机，拨出某串烂熟于心的数字，电话那头，是你多年未见的老友。

Chapter 11

追风筝的人·为你，千千万万遍

『追风筝是成长的仪式，也是希望的寄予。』

现象级畅销之作，感动全球两千万读者的文学经典。爱、恐惧、愧疚、赎罪……这些文学与生活中的所有重要主题，通过真挚的情感和环环相扣的情节交织在这部惊世之作里。

Step 1

阿米尔是一位阿富汗富家少爷，他的父亲是一名成功的商人，又做了许多善事，在当地的社会地位很高。只是与其他人和善相处的父亲，对阿米尔却很是冷漠。

当时年仅十二岁的阿米尔心思细腻，他猜想，或许父亲对自己这么冷淡，是因为自己的降临，导致母亲失血过多，离开了人世。

更何况，阿米尔完全不符合父亲对他的期望。父亲希望他能像自己那样，健康英勇、孔武有力，能和黑熊搏斗。

事实上，阿米尔不会踢足球、还会被比武竞赛场上的鲜血吓哭，在被欺负时也不能勇敢坚强地反抗。他身体瘦弱、性格懦弱，总需要哈桑的保护。

阿米尔和哈桑有着同一个乳母，他们亲若兄弟，就连彼此的父亲也是一起长大的哥们。

但是，无论关系再如何亲密，他们终究是不一样的——阿米尔是少爷，哈桑是仆人。

阿米尔住在豪华房间里，哈桑跟随父亲阿里住在黑暗狭促的小屋子里；每天早上阿米尔起床时，哈桑早已为他准备好早餐、熨好衣服；阿米尔在课堂上学习时，哈桑在家里洗衣服、擦地板、浇灌草坪。

其实，在阿米尔的心里，他也从来没有把哈桑当成朋友。当父亲让阿米尔叫上哈桑，一起到附近湖泊玩耍时，阿米尔撒谎，说哈桑有事情要做。这是因为他希望自己的父亲只专属于自己。

之前有一次在湖畔打水漂时，哈桑的石头轻而易举地就跳了八下，阿米尔用尽了力气却只能跳五下，这一切都让父亲更欣赏哈桑。

阿米尔的心中很不平衡，他不理解：为什么父亲会伸手拍拍哈桑的后背，并用手臂搂住他的肩膀，那么亲昵，那么在意他，却对我这样淡漠呢？

阿米尔心中的不平，让他对哈桑做了不少不该做的事。但不论受到怎样的对待，哈桑依然一心只为阿米尔少爷着想，一直守护着他。哈桑始终是忠实、善良、正直、纯洁的，用这个世界上最美好的词汇来形容他，都不为过。

有一次，他们俩在小山丘上碰到了麻烦。仰慕纳粹、惯用不锈钢拳套打击他人的阿塞夫，和他的狐朋狗友拦住了他们。双方发生了争执。当阿塞夫掏出拳套要对阿米尔大打出手时，哈桑挺身而出。

出身仆人阶级的哈桑捡起石头，拉开弹弓，对准阿塞夫的脸，他为了保护阿米尔，竟然违背了阶级，对抗有权有势的富人。哈桑，也被阿塞夫的不锈钢铁拳震慑得直发抖的男孩，却为了他心中的“兄弟”，挺身而出。

在弹弓的威胁下，阿塞夫不甘心地离开，扬言总有一天要让他们付出代价。

哈桑的举止，足见他对阿米尔的忠诚、真心。但阿米尔却没有他那样一颗赤诚的心。内心的失衡，让阿米尔常常对哈桑很刻薄，除了频繁地嘲弄他无知外，他经常提一些过分的要求，例如问他肯不肯为了自己去“吃泥巴”。

哈桑当然愿意——只要是阿米尔的要求，哈桑什么都愿意去做。但他也相信，阿米尔少爷是不忍心那样对待自己的，他坚定地认为，他们是好兄弟。

正因为这样，风筝大赛那天，哈桑在出发前去追风筝时，回头对阿米尔说：“为你，千千万万遍。”

“风筝”在书里出现多次，而每一个阶段，它所代表、所隐喻的，却不尽相同。阿米尔和哈桑的童年时期，风筝意味着“自由和关爱”。

阿米尔追逐的风筝，是父亲眼里的肯定和温暖的怀抱，是那些和哈桑在一起时，虽有忧愁但依然快乐的时光。

阿米尔喜欢冬天，因为每逢林木萧瑟、冰雪封路，父亲会长时间地待在家里，父子俩的关系终于能够有所好转。

让这一切变得更融洽的原因，是风筝。但阿米尔没有想到，也正是风筝，让自己和哈桑的人生，发生了巨变。

Step 2

斗风筝比赛是阿富汗古老的传统。

人们在那一天，放飞自己的风筝，并用线切断他人的风筝，坠落的风筝则归追到它的人所有。

阿米尔是出色的“风筝斗士”，善于切断对手的风筝；哈桑则是杰出的“风筝追逐者”，总是能够最快、最准确地追到最后掉落的风筝。

1975年的斗风筝比赛，据说是二十五年来规模最大的。比赛前，父亲向阿米尔表达了希望他拿第一的想法。

阿米尔在之前的好几次比赛里都差点儿就拿到了冠军，或许，赢得比赛是一个能让父亲对自己刮目相看的好机会。

比赛那天，阿米尔一只一只地割断别人的风筝，双手满是伤痕和血迹。僵持到傍晚，只剩下两只风筝。胜利近在眼前。

这是唯一能让他被人注目、让父亲满意的机会。

他把握住了这个机会，割断了最后一个对手的风筝线，成了冠军。但这还不够圆满。比赛最大的奖励莫过于追到最后掉落的那只风筝。

哈桑出发了。飞奔到街角处时，他停下，转过身，露出哈桑式的微笑，说道：“为你，千千万万遍！”

他做到了。但在回来的途中，却遭遇了麻烦。

等待许久的阿米尔，不知道结果如何，焦急得很，便出门寻找哈桑。彼时，天已经要黑了，街道上空荡荡的。阿米尔听到一条僻静、泥泞的小巷子里有动静。

那是一条死胡同。躲在拐角窥探的阿米尔看到哈桑站在巷道末端，摆出防御的姿态，身后的土堆上摆着那只风筝。而挡住哈桑出路的人，则是此前曾和他有过冲突的阿塞夫一伙人。

阿塞夫想要哈桑交出那只风筝。哈桑眼里满是恐惧，但他依然拒绝了。因为他答应了阿米尔，一定要把这只风筝带回去。

于是他们几个一起扑向哈桑，把他按倒在地，而后，阿塞夫强暴了哈桑。

阿米尔目睹着这一切，却没有挺身而出。因为他害怕阿塞夫，更因为他觉得，为了赢得爸爸的心，作为哈扎拉人的哈桑，或许必须要付出一定的代价。

被强暴后的哈桑，衣服破碎、沾满泥土，双腿摇晃、滴下血滴。但阿米尔假装没看到，接过风筝，回到父亲身边，接受着父亲的赞美和爱护。

之后的日子里，阿米尔和父亲的关系好多了，但他心怀愧疚，无法面对哈桑，过得很痛苦。

有一天，他向父亲传达希望能把阿里、哈桑解雇的想法，却被父亲痛斥一番。父子间好不容易融洽起来的关系，再次跌入谷底。

阿米尔多么希望哈桑能够惩罚自己，不论是打自己一顿，还是狠狠地骂自己，都能让他心里好过一些。

但哈桑“纯洁得该死，跟他在一起，你永远觉得自己是个骗子”。他丝毫没有责怪阿米尔的意思，这让阿米尔内心承受着更大的煎熬。

于是，在十三岁宴会过后，阿米尔把昂贵的手表和大量现金放在哈桑的毛毯下，陷害他偷了东西。

因为父亲生平最憎恨的行为就是盗窃，他曾说过：“当你杀害一个人，你偷走一条性命，你偷走他妻子身为人妇的权利，夺走他子女的父亲。当你说谎，你偷走别人知道真相的权利。当你诈骗，你偷走公平的权利。没有比盗窃更十恶不赦的事情了。”

但是，当哈桑眼睛红肿，承认了偷窃时，阿米尔不仅确信哈桑知道真相，更为父亲说出“我原谅你”这句话感到惊诧。

可是，尽管父亲愿意原谅哈桑，阿米尔号啕大哭，不断挽留他们，但知道了一切事情的阿里，毅然决然地带着哈桑离开了喀布尔市。

此后，阿米尔和哈桑的人生再没有交集。

Step 3

1979年，苏联入侵阿富汗，阿米尔和父亲辗转逃难到美国旧金山。

上大学、打工、结婚、父亲去世、成为作家，除了始终无法生育，他的人生虽有波折，但没有太多意外。

只是几十年的人生经历，又怎么会是这短短几行字，就能说完整的呢？其实，在这几十年里，阿米尔的生活里发生了不少事情，对塑造和健全他的人格，都有很重要的作用。

“风筝事件”过去六年，战乱爆发，阿米尔和父亲搭乘“蛇头”卡林的车，从被攻占的喀布尔偷偷转移到相对安全的巴基斯坦。

在路过一个检查站时，虽然卡林提前打好了招呼，但对卡车进行检查的苏联士兵，却对车上一位戴着黑色披肩的妇女动了邪念。他说，只有和那位女士单独在卡车后面相处半个钟头，他才愿意放行。

在这紧要关头，阿米尔的父亲站起来了。他让卡林询问那位士兵：“你的羞耻到哪里去了？”

士兵一脸无所谓地回应：“这是战争，战争无所谓羞耻。”

父亲义正词严：“战争不会使高尚的情操消失，人们甚至比和平时期更需要它。”

好在，在那位士兵实施暴行之前，他的长官来了，阻止了可能发生的流血事件，并放他们离开。

在逃难的人群中，阿米尔看到了卡莫——当初协助阿塞夫强暴哈桑的三人之一。彼时，他脸颊凹陷，虚弱不堪。从父亲们之间的交流中得知，俊美的卡莫被入侵者强暴了。

虚弱的卡莫在这漫长的道路中没了呼吸。他的父亲在三个月前失去妻子，此刻又遭遇丧子之痛，他抢过卡林的枪，伸进自己的嘴里，结束了生命。

逃亡路上发生的事情，让阿米尔的内心发生了变化。

历经磨难，阿米尔和父亲来到了美国。

父亲，这位曾经出色的商人，如今为了生计，却只能在一个加油站上班，指甲开裂、衣服脏兮兮的。阿米尔则继续求学。顺利地从高中毕业后，他又到专科学校学习英文创作。

为了补贴家用，阿米尔和父亲每周六开着大众巴士，到车库卖场买下一些二手货物。第二天到跳蚤市场租个位置，把二手货物再卖出去，赚取中间差价。

正是在这里，阿米尔遇到了自己的爱人：塔赫里将军的女儿索拉雅。阿米尔的父亲告诉他，索拉雅虽然是一位淑女，工作靠谱、待人有礼，但她在感情史上有过污点。

父亲说："这也许很不公平，但几天内发生的事情，有时甚至是一天内发生的事情，也足以改变一生。"

父亲的这句话说得太有道理了。正如亲眼见到哈桑被凌辱却没有站出来的阿米尔，从那天开始，心灵就背负着沉重的枷锁。即使不会每天想起，但依然不得放松。

在跳蚤市场的每个周末，阿米尔都找机会去和索拉雅搭讪，他们也越来越熟悉对方。但因为索拉雅的往事，两个人的关系一直没能有进一步的发展。

这时，阿米尔父亲被查出患有癌症，他拒绝了无谓的治疗。

父亲接受了阿米尔的请求，病中依然衣衫齐整地到将军家中提亲。索拉雅答应了求婚，但她打了一个电话，向阿米尔坦白了十八岁时，因为叛逆和一个吸毒的阿富汗人私奔并同居了一个月的事。

阿米尔得知这一切，有一些为难，但他问自己："我凭什么去指责别人的过去呢？"况且，他对索拉雅的爱超过了介意，阿米尔仍然想娶她。

但同时，阿米尔内心却是妒忌的：索拉雅的秘密公开了，说出来了，得到解决了。但他自己呢？

他想说出当年事情的真相，自己是如何背叛哈桑，说谎、设计将他赶出家门，还毁坏了父亲和阿里四十年的情谊。

可他没有说出口。

阿米尔结婚、父亲因病去世、阿米尔成为一名作家、索拉雅和阿米尔身体健康却始终无法生育……

一晃，又是许多年。直到阿米尔接到一个来自巴基斯坦的电话，他的生活才终于有了一些波澜。

Step 4

这通电话是父亲生前的朋友、阿米尔小时候的忘年交、罹患绝症的拉辛汗打来的。拉辛汗希望阿米尔能够到阿富汗来，不仅是因为思念或想要告别，更是因为那儿“有再次成为好人的路”。

带着复杂的情绪，阿米尔回到了阔别已久的阿富汗。

原来，阿米尔和父亲在美国为了生活辛勤劳动的同时，不愿意离开喀布尔、并答应父亲一定要守护好房子的拉辛汗，也渐渐变老，还患上了关节炎。

后来，因为实在无法独自一人照料这座大房子，拉辛汗去找了哈桑，希望他能够回到喀布尔和自己一起管理阿米尔家的大房子。

最初，哈桑是拒绝的。因为那时候他已经有了妻子，并能够自食其力。但在得知阿米尔父亲过世的消息后，哈桑先是号啕大哭，而后又抹了一夜的泪，第二天，便决定再次回到阿米尔家。

他们三个人在喀布尔战火纷飞的环境里，相依为命。有一天，哈桑的母亲——那个生下他不久就远走的女人，也回来了。不久，哈桑也有了自己的儿子：索拉博。

他们安静地活着，任凭屋外战争如火如荼，至少屋子里父慈子孝、满是爱意。但这样的美好却没能持续多久。

1996 年塔利班强占了这座房子。还因为种族歧视，以霸占房子为由，当街枪毙了哈桑及其妻子。索拉博被送进了孤儿院。

拉辛汗终于表达了他的想法：希望阿米尔能回到喀布尔，救出索拉博。

他说，喀布尔已经有了太多身心残缺的孩子，不希望索拉博也成为其中之一。

虽然为哈桑已经离开人世的消息感到悲痛，但此刻的阿米尔仍然是自私的。他不愿意放弃在美国的事业、家庭、妻子、房子，不愿意冒着可能失去一切的危险，去救一个仆人的儿子。

阿米尔说，为什么不花钱请人去呢？我愿意出钱。

其实，阿米尔的第一反应也算是人之常情。毕竟在经过动荡不安和磨炼挣扎之后，他终于收获了平静的生活，既不需要为生计发愁，又成了知名的作家。

而喀布尔呢？则是依然笼罩在战争的阴影里，每天都有人丧生。生活在其间的人们，谁都不知道厄运会不会在下一秒降临到自己头上。

但阿米尔的退缩却激怒了拉辛汗。他说：“我想我们都知道，为什么一定要你去。”

拉辛汗借用阿米尔的父亲曾说过的一句话，希望能打动他，去做该做的事：一个不能为自己挺身而出的孩子，长大之后只能是个懦夫。

但阿米尔却说：“也许爸爸说对了。”

是的，哪怕到了这个时刻，无论拉辛汗怎样晓之以理、动之以情，甚至使用了激将法，阿米尔都不愿意冒险。因此，拉辛汗终于告诉他一个埋藏多年的秘密：哈桑是阿米尔父亲的私生子，是阿米尔同父异母的兄弟。

原来，阿米尔的爸爸背叛了和自己一起长大的阿里，和阿里的妻子有了哈桑这个私生子。

这个消息给阿米尔带去了极大的震撼，他仿佛坠入了万丈深渊，拼命想抓住树枝和藤蔓，却什么也没有拉到。他气冲冲地摔门而出。

父亲背叛了阿里，阿米尔背叛了哈桑。

阿米尔的脑子里，不断地浮现出这一想法。他很愤怒，想要指责父亲，这么多年来居然欺骗自己和哈桑。

冷静思考了许久，面对愧疚的惩罚，面对父子两代人犯下的过错，为了再一次成为好人，为了解开这个缠绕自己多年的枷锁，阿米尔终于愿意回到喀布尔，去拯救哈桑的儿子、自己的侄儿。

或许是因为血缘的联结，或许是想要摆脱多年来的愧疚之心，阿米尔终于开始了自己的救赎之路。

其实，就我个人来说，更希望阿米尔的救赎是出于友情和忏悔，而不是所谓的兄弟之情。

我们知道，在得知哈桑是自己同父异母的兄弟之前，他始终选择在美国过安逸优渥的生活，不肯到危险重重的喀布尔去救索拉博。

因此，他其实并没有找到真正的“再次成为好人的路”。他依然不懂得什么是爱、什么是友情、什么是兄弟之情、什么是作为人的担当。

但没关系，每一个人的成长，可以缓慢、可以推迟，但却不会缺席。

Step 5

阿米尔历经艰难，终于回到了被塔利班控制的喀布尔。

沿途景象荒凉，两次战争给这座城市留下无数的伤疤：路边散落着焚毁的坦克残骸、锈蚀的军车，到处都是废墟和乞丐……

阿米尔来到了新建的孤儿院，索拉博的父母死后，他就被带到了这里。孤儿院物资匮乏，孤儿多达两百五十人，孩子们的生存状况令人担忧。

最令人感到不安的是，孤儿院负责人告诉阿米尔，他来得太迟了，索拉博已经不在这里了。

阿米尔表示：不找到索拉博，他绝不离开阿富汗。

负责人被他的决心打动了，告诉他，每个月都有个塔利班官员来到这里，用钱换走一个孩子。孤儿院为了让这两百多个孩子不至于饿死、冻死，不得不接受这残酷的交换。

一个月前，那位塔利班官员带走了索拉博。

阿米尔问到了寻找那位塔利班官员的途径。第二天，为了能见到那位带走索拉博的塔利班官员，阿米尔来到了喀布尔的体育馆，却亲眼见到了塔利班是如何用石头活生生地砸死一对有私情的男女。

对阿米尔来说，此时的喀布尔再也不是自己童年时的城市，它已被战争、血腥、残暴所笼罩。此时、此刻、此地，无论发生怎样可怕的事情，好像都无关紧要了。每个人都只想要活下去，只要活下去，就是胜利。

战争让这块土地面目全非。

下午三点，阿米尔独自进入了塔利班官员的房间。他的心中忐忑不安，毕竟前几个小时才亲眼看见这个塔利班官员杀死了两个人。这样的氛围，让人感到可怕。

在和塔利班官员讲了几句话之后，阿米尔提出了自己的目的，希望能找到并带走索拉博。塔利班把索拉博带进了房间。

阿米尔看到了一张和哈桑几乎一模一样的脸庞。

这个可怜的小男孩被训练成了一听到音乐就翩翩起舞的舞童，甚至还当着阿米尔的面被猥亵了。

阿米尔又愤怒又害怕，尤其是在塔利班官员露出真面目之后——原来这个残暴的塔利班，就是当年欺辱了哈桑的阿塞夫。

阿米尔觉得整个世界都在旋转。

强装镇定却依然止不住声音颤抖的阿米尔，提出用钱换回索拉博的请求。

但阿塞夫用一阵狂笑拒绝了他。他讲述着自己这几年的遭遇，传达出自己邪恶、可耻的“理想”：种族清洗。

阿米尔坚决地表示，一定要带走索拉博。

阿塞夫同意让索拉博走，但必须在他和阿米尔陈年旧账了结的前提下，也就是说，必须让阿米尔自己来“赢得他”。

他叮嘱门外的卫兵，无论听到什么声音，都不要进来。而后，阿塞夫戴上拳套，开始毒打毫无搏击经验的阿米尔。

他知道，阿米尔身体瘦削、性格懦弱，毫无招架之力。自己一定可以既打死阿米尔，又留下索拉博。然而他不知道，索拉博有着出色的拉弹弓能力，并且他无论走到哪里都会把弹弓塞在裤带上。

索拉博看着阿米尔被打得鼻青脸肿、满身鲜血，多次哭着哀求阿塞夫不要再打了。然而阿塞夫怎会听他的话？于是，索拉博只能取下桌子底座的一颗铜球，瞄准阿塞夫的左眼。阿米尔趁机带着索拉博逃了出来。

孤儿院对索拉博来说，无异于地狱。阿米尔答应索拉博，一定不会再让他回到孤儿院，一定会想办法带他到美国，和自己、和索拉雅一起生活。

但事情的进展并不顺利。

索拉博的孤儿身份无法被证明，因此也无法获得签证。阿米尔接受了律师的建议，劝说索拉博暂时入住孤儿院。

年幼的索拉博以为阿米尔“出尔反尔”，不带他去美国了。对孤儿院的恐惧、对现在自己的厌恶，这些压迫得他在浴室割腕自杀……所幸索拉博被及时发现送到医院抢救，并在阿米尔妻子的帮助下来到了美国，过上了平安、舒适的生活。但因为感情受到伤害，索拉博陷入了自闭。

直到一年后的一个周末，在公园里，阿米尔再次放起了风筝，索拉博难得地笑了。阿米尔割断了别人的风筝，他问索拉博，想不想要自己去为他追风筝。索拉博点点头。阿米尔对索拉博说：“为你，千千万万遍。”然后转过身去追那只风筝了。

Step 6

《追风筝的人》，故事情节跌宕起伏，情感充沛动人。我们需从多个角度去看待和评价这本书、寻找故事背后更深层的含义和启迪。

首先，围绕阿米尔和哈桑这两个角色的成长历程，来探寻一下一个人要怎样认识自己。

“认识自己”，并不仅仅是知道自己的喜好，更是去发现和接受真实的自己，探究自我形成的原因。一个人想要真正地认识和了解自己，首先要做到的一件事，就是对自己足够诚实。再多的缺点，再怎么不完美，也要首先承认和接纳自己。

阿米尔是一个家境优渥的少爷，颇有创作天赋，他在面对所犯的过错时选择了逃避。但是背负秘密的几十年间，他并没有想象中的那么轻松，来自心灵的拷问让他无法真正放松下来。从他踏上救赎之路的那一刻开始，他开始接纳自己的善和恶，开始用行动来弥补几十年来的逃避。

认识自己，更需要去了解和探究自我形成的原因。每个人的成长都会受到来自家庭、社会等多方面耳濡目染的影响。

在这个故事里，阿米尔性格的懦弱和他的原生家庭逃脱不了关系。

阿米尔出生时，母亲因出血过多去世。所以，对他来说，人生里缺乏母亲这一角色。没有妈妈的拥抱、感受不到妈妈的爱和温暖，只能在脑海中构建一个单薄、没有血肉的母亲形象。

从心理学上来说，孩子成长过程中会对父母情感、性格进行继承。缺乏母爱的孩子，在生活中缺少这部分感情的浸润，很难完成对母亲性格的继承，他只能通过对其他家庭的例子进行对比，从而形成拟化心理，在自己的心理成长历程中，对缺失的部分进行补偿。

同样是缺乏母爱，我们来看看阿米尔和哈桑在童年时期的不同表现：哈桑善良忠厚，善于照顾人，每天早起为阿米尔少爷准备早餐、整理床铺、熨衣服，他愿意为阿米尔做任何事，保护他、爱护他。

哈桑也是没有体会过母爱的孩子，他的母亲抛弃他远走，是一个负面形象。但为什么，同样缺少母爱，他们俩的性格和表现会有如此大的差距呢？

他们两人各自的父亲，也起到了非常重要的作用。

哈桑的父亲阿里是阿米尔父亲的仆人，是当年阿米尔爷爷当法官时收养下来的一个孤儿。

阿里也是一个任劳任怨、逆来顺受的人。他患有先天性小儿麻痹症，常常被阿米尔在内的小孩嘲笑，甚至被自己的妻子当面嘲弄。但他从未发过火。性格温厚的阿里对待哈桑却总是很有原则。哈桑在阿米尔的唆使下做过一些调皮捣蛋的事，比如用弹弓射击邻居家的狗，阿里看到后都会严厉地批评他。这无形之中对哈桑正直人格的塑造起到了正面作用。

哈桑缺乏母爱，但这份爱在阿里那儿得到了一定的补偿。阿米尔也曾嫉妒过地位低下的哈桑。因为在枪声不断、玻璃破碎、警报声响起时，阿里会抱紧哈桑，轻轻地抚摸安慰哭泣的儿子。哈桑被阿米尔栽赃偷窃后，为了保护他，阿里不顾阿米尔父亲的挽留，决绝地离开。

而阿米尔的父亲呢？

每天晚饭后，阿米尔的父亲都会和朋友躺在书房里畅谈政治、生意、足球。每次阿米尔想要坐在旁边时都会被赶走，说小孩子不要打扰大人。阿米尔在门口听着里面的谈话声、笑声，心中充满了寂寞。

除了缺乏陪伴，阿米尔的父亲对他还很冷漠。

阿米尔总会担心自己说错话、惹父亲不开心，战战兢兢，没有丝毫安全感可言。幼小的他每天都在思考如何取悦父亲。好在阿米尔还有忘年交拉辛汗的支持，也有来自哈桑的关爱。虽然这些都助长了他的自私、自大，但至少也让他的生活不那么孤寂。

从哈桑和阿米尔两个人身上的不同，我们可以知道人的性格形成与家庭尤其是父母有着不可或缺的关系。同样是缺乏母爱，他们各自父亲不同的做法和教育，使他们产生了不一样的性格。

对我们来说，正视原生家庭的影响，发挥主观能动性，通过阅读等多种形式来自我学习和完善，改变性格中负面的部分，这才是最具有启示意义的。

Step 7

《追风筝的人》是卡勒德·胡塞尼的代表作。小说的背景、人物、情节均紧密围绕着阿富汗这个国度展开，故事中真挚的情感和环环相扣的情节，深受广大读者的欢迎，因而成为一本超级畅销书。

胡塞尼个人的经历，和小说里阿米尔的成长历程有些相似。他出生和成长于阿富汗喀布尔市，十五岁时随父母移民美国。

移民前，他父亲是一名外交官，母亲则是一所学校的副校长，都是属于有社会地位的阶层。但移居美国后，父亲却成了一名保安，母亲是餐厅里的服务员，经济状况很差，甚至需要依靠社会福利来维持日常生活。

巨大的转变和落差，是当时的移民必须面对的。不管是生活，还是自我、自尊，都需要重塑。

因为家里经济状况不太好，胡塞尼决定学医，以后好挣钱养家。他毕业于加州大学圣地亚哥分校医学系，后来如愿成为一名医生。他很喜欢医生这份工作。直到三十七岁，才开始创作第一部长篇小说——《追风筝的人》。

对他来说，写作是一件充满困难的事情，甚至可以说是折磨。因为要不停地打磨、调整、推翻重来。

没有太多创作经验的胡塞尼，唯一知道的写作方法就是想到哪里写到哪里，这不是高效率的写作方式，但正是通过一次次的调整、坚持、等待，才让故事最终浮现。

但写完并不意味着万事大吉，这本《追风筝的人》曾被二十多位图书经纪人拒绝。被拒绝、被退稿，这似乎是每个想成为作家的创作者必须要经历的，而只有勇于接受现实并坚持着的人，才有可能熬到伯乐的出现。胡塞尼的伯乐出现在 2002 年，彼时美军已进入阿富汗。

这样的大背景下，这本书使大众得以用更人性化的视角来看待那些原本只在新闻里出现的人物、事件。而这，也正是胡塞尼希望做的事情。他书写阿富汗的故事，描摹在那里生活的人们，探寻他生命的源头，想要“拂去蒙在阿富汗普通民众面孔的尘灰，将背后灵魂的悸动展示给世人”。

他做到了，他说：被真相伤害，总比被谎言安慰好。

所以，他写道：

“阿富汗有很多儿童，但没有童年。”

“孩子们就是这样对付恐惧：他们睡觉。”

“时间很贪婪——有时候，它会独自吞噬所有的细节。”

这些句子，带着真实的力量，承载真实的情感，每一个字词都告诉世人：在那个国度，人们是怎样生活的。

胡塞尼自己也说：人们之所以那么喜欢这本书，是因为故事中的人物和人们对于爱和牺牲的共同体验。

他所书写的，不仅仅只是阿米尔和哈桑，也不仅仅是阿富汗喀布尔，更是全人类心中潜藏的那份爱、那些为爱牺牲的体验。

胡塞尼成名之后，虽然仍旧很喜欢医生这份职业，但因为前来预约问诊的病人总是和他谈起哈桑和阿米尔的故事，思考再三，他决定成为全职作家，去讲述更多和阿富汗有关的故事。

他也曾有过疑惑：如此偏执、深情地讲述阿富汗人的苦难故事，并因此获得成功、地位、财富，是不是一种罪恶呢？

灵魂的拷问让他时时自省，也不断地告诫自己："尽我所能贴近事实，将整个阿富汗写得真实可感，无论是地理、文化，还是精神上的细节。"

他并不想用宣传话语写阿富汗，也不想去宣扬"一个伟大的国家生活着一群伟大的人民，做着多么伟大的事"。

作为作家，他书写苦难、困惑、疑难，"是因为小说家不应该隐藏那些不受人欢迎的事实，而应该让事实重见天日。"让那片土地上深重的苦难、爱与希望重见天日。